Sur l'auteur

Stéphane Pair est romancier et journaliste chargé des enquêtes pour la radio publique France Info. Après *Élastique nègre*, *Furie Caraïbe* est son deuxième roman noir à explorer la face cachée de l'histoire contemporaine des Antilles.

Du même auteur
aux Éditions 10/18

ÉLASTIQUE NÈGRE, n° 5289
FURIE CARAÏBE, n° 5576

STÉPHANE PAIR

FURIE CARAÏBE

10
18

Ouvrage publié sous la direction de Xavier d'Almeida

Ce livre est une œuvre de fiction très librement inspirée de personnages et de faits réels sous la dictature des Duvalier. Les propos, intentions, sentiments ou caractères prêtés à ces criminels et à leurs victimes relèvent de l'imaginaire de l'auteur.

ISBN 978-2-264-07523-9
Dépôt légal : mars 2024

À Rose Marthe, ma mère

1804 : Haïti devient la première République noire libre au monde.

1957 : François Duvalier, un médecin, est élu président d'Haïti. Il instaure rapidement un régime dictatorial basé sur la répression politique et le culte de la personnalité. Il se fait appeler « Papa Doc » et attribue à sa personne des pouvoirs quasi surnaturels. Pour maintenir son hégémonie et réprimer toute opposition, Duvalier s'appuie sur une milice sanguinaire, les tontons macoutes. Beaucoup d'Haïtiens choisissent l'exil.

1971 : Jean-Claude Duvalier dit « Bébé Doc » devient président à vie à la mort de son père. Il n'a que dix-neuf ans. La corruption et la terreur continuent sous son règne.

1986 : Bébé Doc est renversé et chassé du pays sous la pression de la rue et de la communauté internationale.

« Quelle est cette île triste et noire ? – C'est Cythère,
Nous dit-on, un pays fameux dans les chansons,
Eldorado banal de tous les vieux garçons.
Regardez, après tout, c'est une pauvre terre. »

Charles BAUDELAIRE,
« Un voyage à Cythère », *Les Fleurs du mal*

1964

Ville de Jérémie, à l'ouest d'Haïti.

Une fumée grasse et blanche s'échappe d'abord de l'avant du pavillon. Par les fenêtres entrebâillées, les jours dans la toiture, par tous les interstices du bois assemblé, la fumée trouve des voies invisibles. Des volutes laiteuses s'enroulent en serpentins de plus en plus réguliers vers le ciel étoilé. On ne voit encore aucune flamme. On entend juste un crépitement joyeux et le craquement sourd du bois qui se soumet à la chaleur, tous ces sons qui précèdent le brasier. Le vent pousse fort des hauteurs de Jérémie et se charge d'attiser le foyer.

Dans la ruelle désertée, l'escadron campe là en un vague demi-cercle face au perron de la maison. Une dizaine d'hommes. Certains en uniforme beige de soldat, le fusil en bandoulière ou au pied. D'autres tout de noir vêtus, un pistolet ou une machette à la main. Accroupis ou debout, ils observent chacun à leur niveau la maison de style colonial de la famille Sansaricq lentement se consumer. Et ils attendent là comme les chiens attendent, après le repas, un ultime bout de viande. Attentifs mais repus. La bave ne leur vient plus aux lèvres. Ils se sentent dans l'état qui suit l'état second, le dernier, celui dont l'on ne revient pas aisément quand on a franchi la frontière de l'innommable. Toute la nuit, ils ont tabassé, violé et tué selon les ordres mais surtout leur inspiration. Et, pensent-ils, il ne leur reste plus grand-chose à expérimenter qui atteigne l'incalculable ivresse que le groupe a connue quelques heures plus tôt. Quand tout leur paraissait possible et sans conséquence. Quand, de toutes parts, par tous les versants praticables, le port, les rues, les allées, tous les segments de Jérémie, ils ont, à la tombée de la nuit, investi cet espace délimité et habité par les hommes pour y délivrer leur vision du malheur. Leur part du chaos.

∴

La veille, quand rien n'a encore été commis, trois camions débordant de jeunes volontaires prennent la route sinueuse qui sépare le sud du nord de la Grande-Anse, la petite ville des Cayes de celle de Jérémie. Au même moment, répondant au même ordre du palais, trois transports partent de la capitale, Port-au-Prince, pour rejoindre la même destination. Trois camions bâchés remplis, eux aussi, de petits tontons macoutes[1] hargneux. Bérets sombres en travers du crâne, fusil ou machette sur les genoux, des billes remuant à la place des yeux, des garçons aussi terrifiés au-dedans qu'ils se donnent cet air terrifiant au-dehors. Des jeunes prélevés dans les campagnes les plus reculées et formés en quelques semaines à mordre le mollet qu'on leur désigne, la République indépendante d'Haïti en fabrique chaque mois des centaines, des milliers. Mais ce jour-là, il n'en faut pas plus de soixante-deux pour pousser Jérémie dans l'abîme.

1. Miliciens.

Les deux convois d'enfants-tueurs, celui des Cayes et celui venant de la capitale, finissent par faire jonction sur les hauteurs de Jérémie, à l'endroit que les routiers surnomment ici « Numéro 2 ». De son invisible bras, la nuit a déjà tiré sa couette nébuleuse d'un bord à l'autre du ciel, plongé les contreforts de Jérémie et ses routes de montagne dans le noir. Et sans les vestiges de cette station-service ravagée l'an passé par un ouragan, les chauffeurs des convois auraient dépassé le lieu du rendez-vous. Là, en retrait de la chaussée, au pied des pompes à essence à l'abandon, attend le géant Thémistocle. Parfaitement immobile et droit. Comme un pilier serait engagé dans le sol. L'ancien commis boucher devenu sans coup férir l'un des césars de la province de la Grande-Anse se laisse balayer par les phares à l'approche. Il ne bouge pas.

Thémistocle ou ce que la femme haïtienne a certainement produit de plus gros depuis l'indépendance du pays. Ce jour funeste, le tonton macoute est habillé à la manière des coupeurs de bananes. Vêtu d'une simple combinaison bleue dont il a monté la fermeture Éclair jusqu'à la glotte. Sur son crâne rasé, il porte un feutre caramel style western. En prévision de grandes pluies, il a mis ses bottes en caoutchouc noir. Mais de pluies, pas la trace. Trois de ses hommes l'entourent. Isolément, ces trois-là en imposent. Mais à deux pas de Thémistocle, ils paraissent petits, presque insignifiants. L'un d'eux prend pourtant les devants.

— Garez-vous là ! crie aux convois celui qui paraît être le chef des trois.

Il montre le bas-côté de la station-service tapissé de feuilles de palmiers desséchées.

— Qu'ils sortent et restent là ! aboie-t-il. Mettez-les en ligne devant les camions comme il se doit et comptez[1] !

Au bout d'un temps assez long, fait de décomptes et d'insultes étouffées, une voix d'homme très aiguë gueule soudain dans le noir.

— Soixante-deux ! mon colonel.

— Ils sont soixante-deux, monsieur, reprend aussitôt le chef des trois en s'adressant solennellement à Thémistocle.

Les vertèbres soudées, le géant ne bouge toujours pas. L'avant de son chapeau clair orienté vers le nord, dans le sens de la route. Le regard, imaginent-ils, en direction de Jérémie qui ne sait rien encore du fléau à venir.

— C'est donc le nombre ? Soixante-deux ? Eh bien, ils se contenteront de cela, fait Thémistocle avec un filet de dédain. Distribuez les armes à ceux qui n'en ont pas. Et dis-moi, termine-t-il en se tournant enfin vers le chef des trois, depuis quand bougre de con es-tu colonel, toi ?

Et après un long silence entre lard et cochon, Thémistocle et les trois tontons macoutes éclatent de rire ensemble tandis que, dans le noir, quelqu'un se remet à recompter une dernière fois la troupe.

Il est près d'une heure avant la mise à mort, 2 heures du matin sur leurs montres, quand les six camions chargés d'hommes désormais tous alcoolisés et armés pénètrent dans Jérémie par le sud. Thémistocle les précède en voiture. Il roule au pas. À des intervalles dont lui seul a la science, il lève le poing par la fenêtre de sa portière. Au signal, les chauffeurs lancent alors un « Allez ! », et des miliciens bondissent de l'arrière des camions pour toucher la route et se fondre aussitôt dans l'ombre, le long des palissades et des murs les plus proches. Invisibles. Bientôt,

1. Les personnages échangent partout en créole haïtien.

le convoi délesté d'un bon quart de ses hommes atteint la sortie nord de la ville endormie. Thémistocle profite d'un terre-plein pour faire demi-tour. Imité par tous les camions, il se poste face à la borne de béton où est écrit en capitales et à la main « JÉRÉMIE ». On éteint les moteurs. Le silence se fait, immédiat. On entend juste la mer toute proche besogner les rochers. Le golfe de la Gonâve semble hors du temps et Thémistocle est en place. L'arrivée des soldats n'est qu'une affaire de minutes. Le géant va suivre les ordres. Cette fois, ses petits chiots ne seront pas à la manœuvre. C'est l'armée qui désigne les objectifs. Ils ne sont là que pour faciliter le travail. Éloigner peut-être les indésirables. Les corriger. En tuer quelques-uns si besoin. En peu de mots, pacifier cette opération soudaine voulue par le président en personne, l'éclairé docteur de la nation. Thémistocle ne pose pas de questions. En Haïti, la mort en mouvement, la répression, disent les historiens, n'est alors que transports de troupes et rendez-vous nocturnes non consignés. De simples traits reliant des causes à leurs effets. À l'origine, invariable, il y a la volonté d'un homme réfugié sous l'écorce du pouvoir. À l'autre extrémité, des diables enivrés de leur propre importance et libérés du poids de la loi.

∴

— *Pourquoi courir puisqu'ils viennent de partout ? dit le chœur des enfants. La fumée et la poudre qu'ils invoquent ne laissent guère de répit pour trouver un abri. Où déguerpir quand même le ciel est obstrué de volatiles affolés qui masquent de leurs ailes les astres de la chance aptes à nous guider. Par où s'enfuir s'ils refluent des eaux et bouclent la lagune en un mortel verrou. Le soleil ne se lèvera plus jamais sur cette partie de terre pour y dérouler des jours ordinaires. À quoi bon chercher refuge chez le voisin ? Le voisin est déjà loin ou il est un ennemi. L'espoir est infesté et le secours en déroute.*

— Camarades de Jérémie, amis de la Grande-Anse, terrons-nous plutôt. Épousons la poussière et prions tout bas, dit l'avisé.

∴

Comme les dernières pièces d'une mosaïque, trois petites fourgonnettes militaires apparaissent par la route du nord et viennent tout naturellement s'imbriquer dans les espaces vides du convoi des tontons macoutes. Thémistocle compte trois transports, soit une quarantaine de soldats au total. Une limousine américaine noire les accompagne. Thémistocle sourit. Il sort de sa voiture pour aller à sa rencontre. Sur le bitume, le talon de ses bottes en caoutchouc couine à chacun de ses pas. On n'entend que ça. Il eût mieux valu prendre les bottines en cuir. Thémistocle regrette son choix. À bord de la limousine, il reconnaît Sony, Ariel, Gérard, Romélien, Abel et Colonel Williams. À l'époque, on n'appelle pas encore ce petit mélange de tontons macoutes et de soldats gradés « les *tèt kale*[1] ». Les traits de leurs visages sont creusés mais ils sont bien éveillés. En apercevant Thémistocle, leurs regards se tendent aussitôt vers lui et la suite des événements. L'électricité parcourt l'habitacle de la Buick en un arc de gravité et de colère qui surpasse la fatigue. Car des jours durant, l'escadron a parcouru la Grande-Anse et son arrière-pays à la recherche des derniers rebelles et de leurs soutiens.

1. Les crânes rasés.

Formon, Policard, Fond-Vapeur, Abricot... de village en village, d'habitation en habitation, ils ont fait mine de protéger le pays en appelant à la délation. Ils ont jeté à terre des paysans incrédules devant leurs familles réunies. Ils ont tué quelques bêtes, des vaches ou des cabris pour se livrer au chantage. À des métayers sans autre obsession que l'état de leur matériel et la prochaine récolte, ils ont soutiré des renseignements sans valeur militaire. À coups de nerf de bœuf, ils ont réussi à faire parler ceux qui en savent le moins. Et quand la frustration remontait leurs échines, que leur incompétence affleurait un peu trop aux yeux des moins sots, ils ont exécuté pour l'exemple et par dizaines la main-d'œuvre des champs, hommes et adolescents, sans se lester de preuves. « Pour l'exemple. » Cette formule qui, depuis la première des dictatures, transforme par magie toute violence aveugle en un geste utile.

— Elle n'est pas là ? s'étonne Thémistocle en penchant vaguement la tête à l'intérieur du véhicule.

— Ne t'inquiète pas pour cela, répond Colonel Williams au-dessus du volant. Rosalie n'est pas loin. Tu as reçu tous tes petits neveux, Thémistocle ?

— Oui et ils sont partis en ville.

— Donne la liste à Thémistocle, dit Williams à Sony.

Le géant la prend et fait un petit pas en arrière pour chercher le halo d'un lampadaire voisin.

— Famille Drouin. Famille Chassagne. Famille Villedrouin. Famille Sansaricq. Famille Antoine. Famille... égrène Thémistocle. Des mulâtres, constate-t-il sans émotion.

— Des traîtres, rectifie Williams en lissant sa fine moustache. Des traîtres bien éduqués qui ne verront pas venir leur révolution cubaine sur leurs deux pattes. Rends-moi la liste maintenant.

— Je connais ces gens, oui, poursuit Thémistocle en lui redonnant le bout de papier.

— Alors nous te suivons ! fait Colonel Williams. La chasse commence, lance-t-il aux autres qui descendent du camion.

En quelques minutes, sous les ordres de l'escadron, miliciens et soldats se confondent en un cortège unique et ils se répandent sans attendre dans les ruelles de Jérémie comme l'on vide une poche de sang dans un organisme. Jérémie se livre au cauchemar d'un autre.

∴

Les hommes de l'escadron fixent toujours la façade du pavillon de la famille Sansaricq. La fumée blanche qui en sort est désormais un panache continu. À l'intérieur, un rideau prend feu. C'est la première flamme. Les bruits montent de la bâtisse. Un escalier martelé par les bottes de soldats. Un meuble renversé entraînant dans sa chute verres et porcelaines. En bas, deux coups de feu précédés d'éclairs. En haut, une porte heurtée de plein fouet mais qui ne cède pas tout à fait. Là, le haro effaré d'une femme protégeant ses enfants. Et, par saccades, ces simulacres indécents de cris de bêtes. Les mêmes qui ont résonné toute la nuit à Jérémie. Poules, chiens, aigles, vaches ou cochons. Tout au long de l'opération, les tontons macoutes ont revêtu par la voix l'identité des bêtes pour se donner du courage à tuer ou violer. Ou peut-être oublier, le temps d'un massacre, leur condition d'humains.

Il se passe quelque chose de plus à l'étage. Les pleurs de plusieurs femmes redoublent, et Colonel Williams, rassemblé avec les autres, sur la chaussée devant la maison, décide qu'il est temps d'écourter tout cela. Il s'avance de deux pas hors du groupe et lance vers la véranda du pavillon désormais en feu :

— Qu'ils les sortent tous !

Invisible jusqu'ici, Thémistocle sort de l'ombre de la véranda. Son chapeau de cow-boy toujours bien vissé sur le crâne, de sorte que personne ne peut confirmer s'il sourit bien à cet instant.

— Volontaires, sortez-les tous ! gueule le géant aux petits macoutes qui ratissent toujours l'intérieur.

Sans attention pour leur sexe ou leur âge, les membres de la famille Sansaricq sont violemment amenés vers la porte d'entrée, là où se trouve Thémistocle, pour être jetés un à un du haut du perron en contrebas sur la pelouse du jardin. En quelques minutes, les hommes ont réuni la masse tremblante de la famille devant la maison. À terre, le père qui tente d'enfourcher ses lunettes rondes pour reconnaître ses agresseurs. Sa femme, chemise de nuit et pieds nus égratignés, le regard terrifié. Leurs trois fils dont le plus grand a le visage noyé de sang. Puis un jeune couple dont la femme hurle vers le pavillon le prénom de ses enfants.

— Et voilà l'engeance, fait Colonel Williams en s'approchant du père. Te voilà, toi qui refuses d'enseigner ce qu'il faut aux jeunes de ce pays. Tu fais la révolution avec les fourmis maintenant, professeur Sansaricq ! Tu les entends là par terre, ces fourmis ? Elles te parlent. (Et Williams prend l'arrière de la tête du père Sansaricq dans sa main, la collant au sol sous les cris de sa femme.) Les entends-tu, Sansaricq ?! Et quand je mettrai la main sur toute la clique, crois-moi, je vais…

Et il ne finit pas sa phrase tant les idées lui viennent, se bousculent pour leur inventer une mort.

À terre, le père lui répond quelques mots. Et, curieusement, Colonel Williams s'accroupit et se rapproche pour l'entendre. De profil, l'oreille tendue vers la bouche de l'homme qu'il martyrise. Cela dure quelques secondes, ces phrases, cette écoute. Puis le gradé fixe le mulâtre, pétrifié.

— Rossez-moi ça, embraie Romélien qui perçoit le trouble chez son chef.

Et, sans délai, les tontons macoutes se mettent à frapper avec leurs crosses et de leurs propres pieds cloutés la famille à terre. Ils les rouent de coups à pleine volée sans s'occuper des cris ni des appels à la pitié. Les Sansaricq sont battus à mort, mais personne à Jérémie n'est là pour témoigner de leurs derniers instants ou empêcher la roue crantée du destin de tourner. Le vide de l'histoire s'est fait autour de cette maison, et Colonel Williams, qui a repris ses esprits, ordonne subitement à la troupe de tirer sur eux à bout touchant. Le fracas des armes affole la nuit. Puis quelqu'un doit dire d'arrêter car il n'y a plus de vie à ôter à ces gens. Quelques minutes seulement après l'exécution, Sony et Gérard sortent *in extremis* de la maison. À leur passage, l'un des montants en bois de la véranda s'affaisse dans un craquement violent, sous l'effet de la chaleur et du feu. Les deux nervis rient comme deux gosses d'avoir frôlé le danger de si près. Ils enjambent les corps à terre et rejoignent le reste de l'escadron près de l'alignement des camions. La maison des Sansaricq commence à céder sous son propre poids. Du papier consumé retombe à proximité des corps inanimés.

En apparence, tout est fini, mais l'homme à la chemise blanche ouvre soudain la porte de la remise adossée à l'arrière du pavillon. La petite dans ses bras le serre si fort. Il ne regarde pas derrière lui et se jette à l'assaut du talus. À terre, les feuilles mortes et détrempées des manguiers rendent la montée difficile. Il manque une ou deux fois de glisser mais tient l'équilibre, ne lâchant pas la petite, sa sacoche en bandoulière. Arrivé en haut, il s'adosse à un arbre, pose la petite un instant et peut enfin se permettre de tousser pour expulser toute la fumée de ses poumons. En bas, la maison des Sansaricq flambe à plein régime. Elle illumine toute cette partie du quartier. Il regarde vers l'arrière du pavillon en flamme. Il ne voit pas les bourreaux.

— Sybille, repartons vite, chuchote l'homme à la chemise blanche.

Il reprend la petite dans ses bras et descend l'autre face du talus pour pénétrer à tâtons dans le noir.

1986

Cité-Soleil, Port-au-Prince.

Sybille a suivi à la lettre les indications de Jacques. Son frère Ignace l'a fait monter à l'arrière de sa vieille mobylette Yamaha. Ils ont quitté leur quartier de Bois-Verna et pris de nuit la direction du port. Arrivés sur le boulevard Jean-Jacques-Dessalines, ils ont obliqué vers le nord pour suivre le flux dangereux et bruyant des camions qui montent vers la ville de Saint-Marc. « Le long de la nationale, tu verras le château d'eau, lui avait dit Jacques la veille. Tu ne peux pas te tromper. » Quand la tour de ciment apparaît sur la gauche, sa coiffe peinte aux couleurs du rhum Barbancourt, Sybille reconnaît l'endroit où elle doit continuer à pied. Elle tapote fort sur l'épaule de son frère qui marque l'arrêt. Ignace prend la main de Sybille en guise d'au revoir mais il ne veut pas lâcher prise. « Ne t'inquiète pas, mon Ignacio, lui dit-elle en riant. Je vais retrouver un joli poisson dans la lagune et je reviens. » Ignace redémarre et rebrousse chemin vers la maison sans lui poser de questions. Elle le regarde s'éloigner et pénètre à pied dans Boston, le quartier de Cité-Soleil où se trouve Jacques. Elle marche vite sans craindre pour sa sécurité, encore moins sa vie. Comme partout dans le monde, mais plus encore ici, la race détermine le territoire. Sa cascade de boucles fines, sa peau café crème et ses yeux légèrement dorés, toutes les preuves de son sang mêlé, l'affichent à Cité-Soleil. Mais malgré sa beauté, son maintien, sa robe à mi-cuisses, personne – aucun homme en tout cas – n'ose aborder cette mulâtresse de vingt-huit ans au regard décidé. Le plus pauvre bidonville de la Caraïbe n'a pas vraiment de secret pour elle. Elle y est venue seule ou accompagnée des dizaines de fois, de nuit comme de jour pour y visiter des membres de sa famille ou assister à des réunions clandestines. Le chaos ambiant de Cité-Soleil, son enchevêtrement de chair, d'os, de tôles, de boue et de destins contrariés sont la meilleure des protections pour tous ceux qui ont choisi la résistance. À cette heure, on n'y voit rien ou pas grand-chose. La plupart des lampadaires ne fonctionnent plus. Le sol est un long accident de terre battue, de pierres, de débris de verre, de bouts de métal et de plastique abandonnés. À cette heure, on étouffe un peu. Le haut des cases rend toute la chaleur de la journée. Partout, la musique, l'écho du mérengué craché des postes de radio, les cris d'enfants, le bruit des familles terminant le dîner, le créole lancé fort et loin par mille bouches, les pleurs et les rires. Partout, l'odeur du ragoût, de la viande bouillie ou du porc grillé au charbon de bois. Partout, le clou de girofle, le riz et le pois rouge, le poisson dans son bouillon, la fève fraîche, la tomate et le piment infusant côte à côte dans les casseroles noircies. Tout cet arc-en-ciel de saveurs et de goûts se mêle au relent des poubelles sauvages dans un même fumet dérangeant. Sybille enrage de voir que rien ne change ici. Cité-Soleil est comme un insecte tourné sur le dos dont le ventre serait disséqué par Dieu Lui-même, cherchant à comprendre inlassablement pourquoi donc sa créature continue de survivre à cet endroit. Cette misère touche Sybille au cœur mais ce soir elle doit voir un homme.

À la façade rose de l'orphelinat de la Rose-Croix, elle sait qu'il faut tourner sur sa gauche. Elle continue un peu et, à l'angle d'une épicerie aux stores violets, elle aperçoit Jacques. Sans un mot, le Noir à la fine moustache jette sa cigarette à terre et fond sur elle à grandes enjambées pour l'embrasser comme un félin trop gourmand. Sa langue fourrage sa bouche. Elle se livre sans retenue. Sybille. Soulevée par la seule nécessité d'être en vie et désirée par cet homme. Lui et aucun autre. Jacques. Ils font l'amour dans une chambre nue orientée vers la mer. Ils ne se connaissent que depuis une semaine mais, à chacune de leur rencontre, la passion projette le sol un peu plus haut. Jusqu'où ? Cette idée les dévore.

∴

— Et là ? dit Sybille en passant sa main sur la cicatrice de son avant-bras.

— C'est Capo qui m'a fait cela, répond Jacques allongé nu sur le lit. On l'appelait le Grisé. Il m'a tiré dessus de sa voiture sur une terrasse à Delmas. J'avais dix-sept ans. Je n'ai jamais vraiment su pourquoi. Il est très très mort aujourd'hui, fait Jacques un sourire aux lèvres.

Sybille frémit. Sa beauté le glace tout à coup.

— Et celle-ci ? continue-t-elle en glissant ses doigts sur l'une de ses cuisses.

— Un guet-apens au wharf de Jérémie avant mon dernier départ en Floride. Les gens de Bélécou en voulaient à mon cousin Valéry pour une dette d'argent. Il y a eu du vilain entre nous. Il a fallu faire parler le métal. J'ai été touché. Valéry aussi a été blessé. Il a eu peur, pour lui et sa famille, alors il a tout quitté pour partir avec moi. Il nettoie les piscines des Blancs fortunés de Miami aujourd'hui. C'est sa maison ici, dit Jacques en montrant les murs.

— Et celle-là ? fait Sybille en pressant un trait net près de sa poitrine.

— Ça, ce n'est rien. Pas grand-chose. Un coup de couteau porté par un cousin qui avait trop bu lors d'un bal. En dansant, il a renversé un milicien et sa belle. En le voyant sortir sa lame, j'ai tout de suite vu que ça allait mal tourner. Je me suis interposé mais cet idiot de cousin m'a tranché le lard. Il ne me voulait pas de mal… Il s'est tué tout seul l'an dernier sur une petite route en Artibonite, m'a dit Moïse. Je l'aimais bien pourtant.

« Que de morts autour de toi, pense Sybille. Chacune de tes cicatrices dit quelque chose de ta vie, mais que raconte le reste de ta peau resté intact ? » Elle continue de caresser le corps de Jacques sans éviter sa verge qu'elle se met à masser du plat de la main tout en le regardant dans le blanc des yeux. Son ventre et le sien sont pris d'un accès de désir. Leurs râles nourrissent la nuit, l'amplifient. Sybille a beau chercher en elle, personne de vivant ou de mort, aucun de ses amants, n'a jamais eu le goût épicé et dangereux de celui-là. Avec lui, elle mène les choses à sa façon mais la passion l'a agrippée par surprise. Elle surplombe Jacques quand il jouit en elle. Et comme la première fois, il se montre si doux après l'amour. Gentil dans ses gestes, sa façon de toucher ses cheveux, d'entourer sa taille de ses mains pour la faire retomber délicatement sur le lit à ses côtés. Puis Jacques sombre entre ses bras. Son beau visage noir amorti au creux de son coude, il s'endort. Dehors, à Cité-Soleil, la rumeur de leur amour fou court déjà les rues.

1971

Prison de Fort-Dimanche, Port-au-Prince.

Rosalie saisit le petit couteau sur la table. Elle coupe la cordelette qui retient le tas de lettres. Pour éviter de se salir les mains, la directrice de Fort-Dimanche porte des gants en lin. Car Rosalie sait désormais comment les détenus fabriquent l'encre et le papier. Le surveillant-chef Barthélémy le lui a un jour expliqué en apportant un nouveau lot de courrier clandestin. « Madame Adolphe, vous n'imaginez pas, lui avait-il dit. Pour produire du papier à lettres, ces gars-là ne reculent devant rien. D'abord, ils acceptent de vivre quelques jours comme d'authentiques animaux. Dans la crasse qui les a vus naître. À torcher leurs derrières avec leurs propres mains, à ne plus s'essuyer. Et pourquoi madame ? Pour mettre le papier-toilette de côté. Comme vous le savez, nous leur en donnons peu pour les forcer à ne pas gâcher le bien collectif. Alors ils procèdent ainsi pendant des jours et des jours. Et les hommes ne se serrent plus la main, croyez-moi. Mais leur papier cul ne suffit pas, c'est trop fin pour écrire un poème. Alors ils se privent aussi de nourriture. Et si vous regardez bien, c'est très logique quand on pense à leurs mains souillées.

Ils gardent le riz, le mettent de côté. Ils en font des petits tas qu'ils cachent aux quatre coins de leur cellule, pour plus tard. Et quand ils ont assez de papier et de riz, alors – je les ai vus faire, madame Adolphe – ils détrempent le pain ou le riz comme ils le peuvent, avec de l'eau et le plus souvent leur pipi. Cela leur fait de l'amidon bon marché, de la pâte à papier si vous voulez. Ils étalent leur bouillie à la dimension des rectangles de papier-toilette, feuille après feuille, page après page, et quand tout cela est sec et bien aplati... ces rectangles de papier hygiénique, cela fait comme du parchemin. Quant à écrire... un os de poulet taillé contre un mur fera le stylet. Pour l'encre, je vous laisse imaginer l'ingrédient naturel à disposition. Dilué au pipi avec de la terre battue dedans, cela tient plus longtemps, m'ont-ils confié. C'est le détenu Magloire qui, il y a quelques années, leur a soufflé comment faire. Magloire est mort de diarrhée, vous vous en souvenez. Au moins celui-là n'a plus besoin de papier », avait fini Barthélémy en riant comme pris de hoquet.

Du bout des doigts, Rosalie étale les lettres en éventail sur son bureau, à la façon d'une cartomancienne. Les disposant de sorte qu'elle ne sait pas encore quels détenus les ont rédigées. En revanche, et c'est ce qui l'intéresse avant tout, elle peut déchiffrer les noms et adresses des destinataires. L'une des lettres l'interpelle et elle s'en saisit.

Mlle Zoé Dessalines,
Dispensaire de Valheureux,
Saint-Marc, Artibonite.

Protégée par ses gants en lin, Rosalie déplie soigneusement la lettre. Elle constate que le détenu est parvenu à relier ses pages à l'aide d'un objet pointu et d'un reste de fil. Les caractères sont très serrés, la ponctuation supprimée et les espaces réduits au minimum pour faire entrer le plus possible de mots sur ce petit carré de papier. Et pourtant, l'écriture est fine, régulière, distinguée. C'est celle d'un homme éduqué. La prison de Fort-Dimanche en accueille beaucoup.

Ma Zoé,

Je suis en vie à la prison de Fort-Dimanche. Après l'arrestation j'ai été transféré ici en camion. Nos amis Carmélien et Faustin sont également ici en vie avec moi mais nous ne partageons pas la même cellule. Tu rassureras leurs familles. Nous n'avons pas de nouvelles de Gratien. Dieu le protège ! J'ai beau chaque jour demander les raisons de mon incarcération et réclamer de passer devant un juge de paix pour m'expliquer, on ne veut rien me dire sur mon affaire et je ne sais s'il y a des raisons politiques. Je ne veux ni ne peux croire que le succès de notre petite troupe de théâtre y est pour quelque chose. Ce serait trop absurde. Peut-être pourras-tu obtenir quelques informations utiles sur ce que l'on me reproche vraiment auprès de mon cousin Étienne ? Ce sont des volontaires comme lui qui m'ont arrêté après tout. Il peut sûrement savoir pourquoi. Et s'il me tient encore rigueur pour nos discussions enflammées sur l'économie du pays, peut-être acceptera-t-il de t'aider si tu trouves les mots. Il sait que nous nous aimons. Et si l'argent peut faciliter alors va à Souvenance et demande papa. Il habite l'une des trois maisons au bout de l'impasse de la Solitude-Mulâtresse. Il n'est pas fortuné mais il saura trouver la somme nécessaire. Il pourra t'aider toi aussi si tu es dans la gêne. Les temps sont agités. Moi qui me croyais entouré je ne sais plus vers qui me tourner. J'ai beau réfléchir je ne vois personne d'autre à l'extérieur que mon méchant cousin pour me venir en aide. C'est dire…

Zoé rassure-toi je suis en vie. Malgré la saleté de ma cellule je ne connais pas la maladie. Malgré le dégoût je me force à manger. Malgré la puanteur je continue de respirer. Malgré les cris des suppliciés je m'oblige à dormir pour ne pas perdre totalement la raison. Malgré le besoin de fraterniser je me garde bien de trop parler. Malgré les humiliations je marche tête haute sans faire d'histoires. Malgré la fatigue et les moments de désespoir je guette chaque lendemain comme un signe fragile de Dieu et je prie un peu. Je t'imagine au dispensaire pour prendre ton service tôt le matin. Penchée sur tes malades à leur distribuer des remèdes à leur prodiguer tes sourires et tes soins.

Ma Zoé en Haïti l'obscurité s'étend sur l'intelligence. En Haïti la bêtise défie le jour. Mais il me suffit de savoir que des gens comme toi continuent chaque jour de faire le bien pour me redonner de l'espoir. Comme il est difficile d'écrire une lettre à celle que l'on aime en sachant que l'on n'obtiendra pas de réponse en retour. Les questions se bousculent pourtant dans ma tête. Manques-tu de quoi que ce soit ? Famille et amis te sont-ils venus en aide malgré l'arrestation ? Est-ce que tu m'aimes encore ? Nos étreintes te manquent ? Je te manque ? Je t'aime ma fleur ma Zoé. Du plus profond de cette cellule je le crie. Je sais que ces mots te parviendront. Ils viennent de bien trop loin – des caves de l'humanité tu l'as bien compris – pour se perdre en chemin. Un homme que je crois de confiance et que je ne peux nommer me permettra je l'espère de t'envoyer bientôt un autre mot. Mon cœur est engourdi mais il se ranime quand je pense à toi. Et si toi aussi tu penses à moi de la même flamme alors au bout du compte – je le sais – tout rentrera dans l'ordre mon amour.

Frantz.

Rosalie tourne et retourne la lettre à la recherche d'un signe caché. Elle ne décèle rien, alors elle se lève et se dirige vers l'unique fenêtre de son bureau. Là, elle fait jouer la lettre sous les rayons du soleil du petit matin pour y trouver en transparence quelques caractères dissimulés au jus de citron ou à l'urine. Mais là encore il n'y a rien de plus. Rosalie revient s'asseoir dans son siège en cuir en émettant un long soupir. La machine à écrire n'attend qu'elle pour reprendre du service. D'une frappe lourde et lente, Rosalie se met à remplir sa première fiche de la journée.

Correspondance saisie par nos soins le 21 janvier 1971.

Auteur : Frantz FIRMIN, artiste et intellectuel, détenu politique, interpellé aux Gonaïves, transféré en août 1970 dans notre prison.

Individus cités dans la correspondance : Zoé DESSALINES, aide-soignante au dispensaire de Valeureux (Verrettes, Saint-Marc), compagne du détenu – un certain « ÉTIENNE », volontaire de la Sécurité nationale dans l'arrondissement, cousin du détenu – Frantz FIRMIN père (impasse de la Solitude-Mulâtresse, Souvenance).

Recommandons de surveiller ces individus dans le cadre de votre enquête. Rapport transmis à toutes fins utiles.

L'idée de confisquer les lettres clandestines des détenus de Fort-Dimanche vient de Rosalie, et les artisans du système sont les surveillants francs-maçons, comme Barthélémy. En quelques décennies, par l'entremise de leur réseau, un nombre important de membres du Grand Orient d'Haïti se sont imposés surveillants dans les prisons du pays. Rosalie demande au sergent Barthélémy de convaincre ses collègues de mettre leur obédience de côté et d'aider la République en danger. Il ne s'agit pas de confisquer les lettres aux prisonniers, a bien insisté Rosalie mais de s'assurer qu'ils ne répandent pas la mauvaise parole. La force du dispositif consiste, après lecture par la directrice, à bien acheminer les lettres à leurs destinataires pour ne pas éveiller le soupçon. Les nombreux détenus sont ainsi mis en confiance, incités même à écrire à leurs proches sous le sceau de ce secret maçonnique. Parfois, on leur glisse un bout de vrai papier que même les plus méfiants finissent par prendre. Petit à petit, les détenus s'épanchent dans leurs écrits. Ils livrent des noms, des lieux. Rassurés par les « frères » surveillants, ils incitent d'autres détenus n'appartenant pas à la franc-maçonnerie à communiquer avec l'extérieur.

« L'idée est brillante. Elle permettra de traquer le ver dans le fruit de la révolution », avait un jour lancé à Rosalie le président Duvalier lors d'un dîner rassemblant tout ce que Port-au-Prince comptait de chefs policiers, d'espions et de gradés de l'armée nationale. Rosalie n'avait alors pas voulu voir la jalousie dans les yeux de tous ces hommes réunis. Entre la poire et le dessert, elle s'était laissée aller quelques secondes à son propre orgueil, se délectant de cette reconnaissance publique de son rôle dans la sécurité de l'État. Ce jour-là, le « père de la nation » l'avait fait exister devant un parterre d'arrogants où ne figurait qu'une seule femme : Rosalie. Et elle avait tiré tout le suc de la fierté. Mais deux longues années se sont écoulées depuis. Et elle mesure la surcharge de travail que représente pour elle ce recueil d'informations pour lequel elle n'obtient aucun moyen. Elle constate surtout que les chefs du renseignement profitent largement de ses informations et omettent le plus souvent de la citer quand il s'agit de vanter leurs résultats à la présidence. Rosalie n'est pas dupe. Et dans son grand cahier mental, la chef des tontons macoutes note les noms de ceux qui lui ont manqué de respect.

Sur son bureau, Rosalie place le courrier de Frantz Firmin à part. Elle boit lentement son verre d'eau tout en parcourant du regard les autres lettres disposées face à elle sur le bureau. Sa main libre, gantée de blanc, immobilisée au-dessus des bouts de papier comme un oiseau de proie à l'arrêt dans le ciel. À la dernière gorgée, la main de Rosalie fond sur la lettre d'un autre détenu.

Famille Dejeanne,
Habitation dite Corne-à-Bœuf,
Cité-Lumière de Jacmel.

Elle déplie le courrier et entame la lecture.

1986

Trou-Caïman, à l'est de Port-au-Prince.

— Repasse-moi les jumelles, fait Jacques à Moïse.

— Tiens, les voilà. Il n'y en a plus pour longtemps selon moi. Regarde, y a encore d'autres hommes-bâtons qui rappliquent par le bas.

Allongé sur le ventre comme Moïse, Jacques pointe ses jumelles sur la jeep à l'approche. Elle roule à toute vitesse, remontant le bas-côté de la nationale. Il sourit. À bord, les trois tontons macoutes sont ridicules. Ils agitent leurs armes comme des gosses en gueulant sur les automobilistes et les chauffeurs des camions qui les gênent. Des dizaines de véhicules sont bloqués depuis une heure dans la montée par le barrage policier installé plus haut. Le ton monte. Certains cherchent à faire demi-tour. Jacques détourne ses jumelles de la jeep pour retrouver en amont de la nationale l'endroit où se trouve le barrage. Les tontons macoutes et des policiers y sont réunis, arme à la main. Leurs voitures garées en travers de la route.

— Je compte une quinzaine de petits singes, dit Jacques.

— C'est ça, soupire Moïse qui se retourne sur le dos pour regarder le ciel. Je reconnais certains flics. J'ai faim, reprend-il au bout d'un moment en caressant de la main les herbes hautes autour de lui.

— Tu avais raison, mon vieux. C'est de cette colline qu'on les observe le mieux.

Jacques balaie la zone du regard.

— Ils ne peuvent plus faire leurs affaires à l'aéroport, alors ils ont besoin de pistes clandestines comme ici. Ils ne sont pas venus là par hasard. C'est bien bitumé. Tu dois avoir au moins un kilomètre de piste sur ce plateau.

— Oui, une route bien plate mais trop fréquentée. Il faut mettre des verrous, comme ils font, pour avoir le temps de décharger.

— Ne t'inquiète pas pour ça. Bientôt si tu le veux, ce sont nos gars qui tiendront ce barrage. Et pas avec des petits flics mais des militaires. On va remplacer les singes par des gars en tenue léopard.

Le soleil couchant vire le ciel au rouge rubis quand le bruit d'un bimoteur se fait entendre au sud. Le petit avion surgit très vite au-dessus d'eux. Il est déjà très bas. Il fait un court virage extérieur avant de piquer sans hésiter dans l'alignement de la route. L'atterrissage se fait sans encombre et les tontons macoutes viennent à lui avec leurs pick-up. Sans perdre une seconde, ils transbahutent la cargaison de cocaïne du ventre de l'avion jusqu'à leurs véhicules. « Y a plus de deux cents paquets, estime Jacques au bout d'un long moment. Pas loin de huit cents kilos. » À la jumelle, il voit les tontons macoutes plaisanter tandis qu'ils vont et viennent, chargés de leurs colis. Parmi eux, Jacques identifie Colonel Williams et ses petits mercenaires. C'est l'homme dont il faut s'occuper en premier selon leur nouvel ami colombien.

— Ris, sale macoute, dit Jacques à haute voix. Je vais faire du verre pilé de tes dents, crois-moi sur parole. Tes petits suceurs de sang, toi et tous tes chapeaux-tueurs, on vous met sous terre très bientôt.

— Bien dit, glousse Moïse en relevant sa grosse carcasse. Les jumeaux les prennent tout à l'heure en chasse à moto de l'autre côté de la nationale, dit-il. Je fais confiance aux deux Libanais pour repérer la cache où les hommes-bâtons amèneront tout ça. Ton renseignement était bon…

— Bien sûr, fait Jacques.

Au loin, sur la route désertée, l'avion relance ses moteurs. Il y a comme des pourparlers, puis le pilote met plein gaz. Le petit coucou s'arrache facilement du sol, allégé de sa cargaison, et refait cap vers le sud. Les macoutes regagnent leurs voitures et démarrent tandis que les policiers vont lever le barrage. Moïse se dirige vers la voiture en pensant à son futur repas. Jacques ne bouge pas. Il continue de fixer le point où l'avion a atterri tout à l'heure. Il porte une chemise crème en lin, un pantalon couleur tabac et des mocassins en cuir tressé. Les cheveux très courts, presque ras, travaillés en vagues, à la mode des jeunes bourgeois de Port-au-Prince. De ses doigts, il lisse sa moustache, songeur. Au fond de lui, cette flamme qu'il laisse brûler. Jacques va bâtir son empire ici et maintenant. Prendre sa place. Et aucun tonton macoute pour l'arrêter, pense-t-il alors.

— Tu te souviens, Moïse, de la fois où je t'ai appelé des États-Unis pour t'annoncer mon retour de Floride ? J'étais content pour Haïti. La tête pourrie du fils de Duvalier était déjà sur le point de tomber, mais moi, je voyais autre chose. Je te le redis. Tout s'aligne pour nous.

— Oui, c'est bien, mais il faudra m'expliquer ce que tu lui trouves ?

Jacques se retourne d'un coup, surpris. Moïse peut-il déjà savoir pour Sybille ? Il n'a parlé d'elle à quiconque.

Leur histoire n'a que quelques semaines. Alors, il laisse son ami préciser sa pensée.

— Ce trafiquant colombien ne m'inspire pas, finit par dire Moïse.

Jacques soupire. Curieusement soulagé même s'il ne compte pas lui cacher longtemps l'irruption de cette femme dans sa vie.

— Fais-moi confiance, répond Jacques. Tout à l'heure tu reconnaissais que je suis bien informé. Je le suis. Les macoutes, ce Colonel Williams et sa bande de crânes rasés, se sont bien rempli les poches grâce aux Colombiens de Medellín en protégeant leurs livraisons de blanche vers Miami. Mais c'est fini tout ça. Aujourd'hui, les hommes-bâtons rasent les murs. Même pour les *tèt kale*, Haïti s'est rétréci. C'est leurs petits culs qu'ils vont devoir penser à protéger des Haïtiens. Et en Colombie aussi le vent tourne. Chez eux, c'est la merde sans retour entre familles de trafiquants. Ils se font la guerre et le film se joue en ce moment ! Les jeunes vont tout manger. Ils marcheront bientôt sur les États-Unis. Ce Colombien de Cali, c'est leur émissaire en Haïti et ce cartel veut traiter avec nous en priorité. C'est pourquoi je le fais entrer doucement dans nos affaires. Ce type, c'est juste un pigeon voyageur qui va aller et venir entre nous et ses patrons. Moïse, oublie sa sale gueule… il sert nos intérêts. Est-ce que tu comprends bien ?

— Je me méfie de lui, insiste Moïse, rivé à son instinct et au mépris que le Colombien à la peau grêlée a affiché lors de leur dernière rencontre.

Jacques se rapproche de la voiture où son ami s'est installé à la place conducteur. Il s'accoude à travers la portière. Conscient qu'il faut lui donner un peu plus, il dit :

— À Miami, je me suis fait un ami sûr. C'est un armateur bahaméen, je te l'ai dit. Il s'appelle Tavares Newton. S'il m'arrive quelque chose, tu le retrouveras. S'il m'a mis en relation avec eux, c'est du sérieux. L'Amérique est à nos fenêtres et ces Colombiens ont besoin de nous pour faire passer leur cocaïne en douce. Et on prendrait pas notre part ? Fais confiance à ton Jacques, termine-t-il en caressant la joue de son ami comme un gros chien.

Moïse rit et se dégage. Autour d'eux, la nuit gagne du terrain. Les deux hommes ont grandi dans le même quartier. Ils se sont rencontrés en collectant les pièces des passagers des autocars qui relient Léogâne à la grande ville du sud, Jacmel. Un petit boulot qui ne rapportait que des miettes. Mais pendant plus de trois heures, les deux garçons pouvaient discuter et refaire ce monde. À seulement onze ans, ils se sont mis en tête d'acheter leur propre autobus. Moïse imaginait déjà les façons de réunir l'argent et de ramener les clients. Jacques pensait qu'il fallait d'abord se faire amis avec le syndicat des transporteurs du sud pour éviter les ennuis. C'est ce qu'on lui avait dit. Le projet capota évidemment mais, à partir de là, les deux surent qu'ils pourraient faire de grandes choses ensemble. Plus qu'une intuition, ils sentaient qu'ils étaient les deux faces d'une même ambition. Aujourd'hui, des corps d'hommes ont enrobé les enfants d'hier, mais rien n'a vraiment varié à l'échelle de leurs vies. Ce valet colombien importe peu finalement. La guerre est inévitable et il faut faire confiance à l'amitié.

— Allez, grimpe, fait Moïse.

Jacques s'exécute et monte dans la voiture.

— Je t'offre un sandwich sur la route, mon Nègre. Il nous faut discuter de la suite.

1971

Prison de Fort-Dimanche, Port-au-Prince.

Le surveillant-chef Barthélémy chemine au côté de Rosalie. Légèrement devant elle. À sa gauche. Ainsi, en la devançant toujours de quelques pas, il peut tout en écoutant respectueusement sa conversation, et sans que la directrice ait même à ralentir, saisir son trousseau et ouvrir les portes qui entravent leur parcours d'inspection de la prison. La directrice marche à pas lents ce qui, pour Barthélémy, rend l'exercice compliqué, mais à sa portée. L'essentiel, c'est de toujours anticiper sur la porte suivante et de choisir évidemment la bonne clé. Une erreur, une inversion, et la déambulation de Madame Adolphe serait contrariée. Sa colère, immédiate.

Devant l'entrée sud du pavillon central, Barthélémy introduit la clé adéquate et ouvre la porte avec succès. Le sergent sourit. Rosalie pénètre dans le long couloir principal tandis que Barthélémy s'empresse de refermer la porte en métal derrière eux. C'est le cœur de Fort-Dimanche et il bruisse de mille échos. Tintement des timbales et des gamelles : il est midi. Râles des détenus que la faim rend aigres et mauvais. Cris et invectives de ceux qui, malgré l'interdit, profitent du brouhaha et de la rumeur du repas pour prendre des nouvelles d'autres cellules. Dans le couloir, un surveillant passe le balai avec une longue branche de palmier taillée par le haut et enroulée de tissu pour lui servir de manche. Il soulève la poussière au plus mauvais moment alors que ses collègues servent encore le repas. Mais personne ici, ni Rosalie ni Barthélémy, ne se soucie de ce genre de détails. Devant eux, deux surveillants poussent un long chariot à roulettes où trônent deux marmites. L'une est chaude. L'autre pas.

Rosalie inspecte le chariot.

— Qu'y a-t-il au menu aujourd'hui, caporal Hubert ? lance-t-elle, très fort, de manière à être entendue du couloir entier.

— De la semoule de maïs, de la sauce rocou et de la banane bouillie, madame la directrice, répond bien fort le surveillant.

— Bien ! Cela change de l'ordinaire !

Le surveillant échange un regard amusé avec son partenaire de chariot puis avec Barthélémy.

— Oui, madame ! intervient Barthélémy en parlant aussi fort qu'elle. Et demain la cuisinière prévoit de la viande.

— Parfait ! Continuons.

Rosalie poursuit sa procession dans ce boyau sombre que les détenus surnomment entre eux « l'allée des morts ». C'est un alignement de cellules de quatre mètres sur quatre, où Rosalie peine à caser le nombre toujours croissant des prisonniers. Quand elle a pris les rênes de l'établissement à la demande de Papa Doc, elle a estimé la limite à vingt détenus par geôle. Au-delà, c'est trop d'histoires. Trop de conflits. Au-delà, les surveillants peinent à tenir leurs carrés et les bagarres éclatent plus souvent.

À Fort-Dimanche, faute de place, les prisonniers font des roulements pour trouver un petit rectangle au sol et se reposer un peu. La plupart dorment avec un linge sur le visage car les cellules sont éclairées jour et nuit pour permettre aux surveillants de contrôler par le judas. Derrière ces portes d'acier, deux cents hommes s'entassent. Quelques femmes aussi à la cellule n° 10.

Rosalie fait mine de ne pas sentir l'odeur. La promiscuité rend toute tentative d'hygiène inutile et la maladie emporte les détenus comme des feuilles dans le vent. De manière saisonnière et aléatoire. Un bon tiers d'entre eux souffre de quelque chose de grave et beaucoup en crèveront, sans qu'un nom soit mis sur le mal. Les médecins militaires viennent rarement. Ils craignent les miasmes qui circulent entre ces murs. La malaria, la tuberculose, les maladies de l'intestin et des reins, les plaies mal soignées, prospèrent. Tout cela nourrit les discussions quotidiennes des détenus. Il y a la crainte d'être le prochain. Régulièrement, la peur de la contagion oblige des cellules entières à porter des masques de fortune. Au départ, l'ami, le collègue de carré, est soigné avec les moyens du bord, avec pitié. Puis le groupe constate que rien ne peut être fait sans le geste approprié d'un docteur ou la prise d'un médicament. La mort est déjà en marche. Alors la cellule entière se protège et isole le reclus dans un coin en observant la progression de la maladie. Ils dévisagent la mort jusqu'au dernier souffle de vie de leur camarade, parfois leur ennemi. Et quand l'heure vient, la cellule réclame au plus vite la levée du cadavre pour survivre un peu plus longtemps. À la saison des pluies surtout, les détenus tombent par grappes. Dans les corps, les fibres des vêtements, les crachats expulsés sur les murs, la mort intime les esprits. Au fil de la détention, elle préoccupe plus que la peur de l'exécution ou de la torture. Elle passe, invisible, d'un homme à l'autre. Par ce moustique. Par ce bol partagé avec un frère d'infortune. Par ces aliments indigents. Par le contact de cette souillure que personne n'a pris le temps de nettoyer. Par le minuscule, le tout-petit aussi. Par ces poux, ces punaises, ces chenilles. Par tous ces animaux rampants et indociles qui portent la mort sur leurs infimes habits et interdisent le repos. En colonnes, par centaines, elles sont venues là, ces petites bêtes, coloniser les quelques centimètres qui restent aux humains.

Barthélémy introduit la clé. Le verrou résiste à l'ouverture, mais le sergent ne paraît pas étonné. Il connaît parfaitement toutes les serrures de Fort-Dimanche et celle-ci n'y fait pas exception. Il fait jouer la clé de droite à gauche, plusieurs fois, et la serrure finit par lui obéir. La porte nord du pavillon central s'ouvre et le jour réapparaît. Vengeur. Rosalie sort du bâtiment et prend la direction de son pavillon personnel, suivie par Barthélémy. Le vent marin souffle fort vers les terres. Il porte le produit de l'océan, l'iode et l'écume à plein nez. L'air vicié de l'allée des morts n'est déjà plus qu'un souvenir pour Rosalie. Elle traverse la cour où se croisent les deux voies qui segmentent la prison en quatre parties égales. Arrivée au pied de son pavillon, elle entame la montée de l'escalier pour atteindre la terrasse qui surplombe son propre bureau, au dernier étage de ce pavillon de pierre et de béton. En fait de terrasse, il s'agit plutôt de larges remparts orientés vers la mer, vestiges des colons français. Quand Fort-Dimanche était la vigie censée prévenir de l'arrivée des Anglais dans la baie de Port-au-Prince. Une fois l'intendance traitée, ses rapports transmis, les transferts effectués, Rosalie trouve refuge ici. Face à la mer, coiffée de son chapeau. Pour plus de commodités, elle y a fait monter une petite table basse et quatre sièges de jardin en bois. Rosalie amène souvent ses visiteurs importants sur cette terrasse après les avoir reçus dans son bureau. Ils reparlent de la raison de leur venue, discutent de l'actualité du jour ou de l'évolution du pays. Mais Fort-Dimanche est éloigné du centre de la capitale. Proche des marais. Ses visiteurs préfèrent l'or du palais et les rencontres officielles en ville où ils peuvent croiser Rosalie tout en étant vus du plus grand nombre. Les visites sont rares et Rosalie en souffre. Elle jette donc son dévolu sur Barthélémy. Elle n'apprécie pas sa compagnie. Le surveillant en second est inculte et ses remarques assez sottes. Ses amitiés parmi les francs-maçons haïtiens ne lui servent en rien. Barthélémy n'est agréable ni à regarder ni à écouter. Le timbre cassé de sa voix l'agace. Pourtant, le caractère orgueilleux de Rosalie a vite cherché un individu consentant, prêt à boire ses paroles sans trop apporter la contradiction, des heures durant si l'envie lui prend. Un public captif et complaisant. Barthélémy est celui-là.

Rosalie s'est fait monter une bouteille de jus de corossol dans une glacière. Elle n'en propose pas à Barthélémy quand celui-ci la rejoint et prend place à ses côtés.

— Barthélémy, j'ai des annonces à faire aux surveillants.

— Ah ! fait le lieutenant qui reprend à peine son souffle.

— Oui, Barthélémy, dit-elle en se levant, solennelle. Le camarade Rosenore va assurer la direction du fort durant quelque temps et tu l'aideras. J'ai à faire ailleurs. Le président a besoin de moi pour effectuer quelques purges en campagne. Papa Doc me l'a fait savoir aujourd'hui.

Barthélémy surjoue l'admiration. Il modèle sa bouche en un O impressionné. Le lieutenant est peut-être sot, mais il sait, à force, reconnaître les postures et impostures de Rosalie. La directrice n'a reçu aucun message ni coup de fil de l'extérieur. Le téléphone est en dérangement depuis trois jours dans toute cette partie de la capitale. Rien ni personne n'a franchi les grilles de la prison depuis 22 heures, hier soir. Heure où le cuistot a réceptionné ses cageots de fruits à pain, d'ignames, de gombos et de bottes de cive. Rosalie ment.

— Notre président a de grands projets pour les provinces du Nord, poursuit Rosalie en pointant le doigt vers Barthélémy. Aujourd'hui, le monde entier critique Haïti et pense pouvoir nous donner la leçon. Ces gens-là font la pire politique dans leur propre pays mais ils ont le temps de cracher sur notre régime parce que nous savons saquer et souquer quand il faut. Ils nous parlent comme si nous avions encore les chaînes aux pieds. Qu'ils causent. Qu'ils professent. Papa Doc a eu cette vision : demain, le monde entier viendra profiter de la beauté d'Haïti. Finies les cultures qui ne rapportent plus aux paysans et à l'État. Nous allons faire du Nord le nombril du tourisme des Caraïbes. Du monde noir tout entier. Les étrangers viendront sur les plages de Saint-Marc. Ils viendront. Le projet hôtelier est prêt. L'argent est là. Les campagnes fourniront les ouvriers et la main-d'œuvre aux hôtels. Du sable jusqu'au sucre dans le café, tout sera haïtien. Le tourisme sera le nouvel or noir de ce pays, Barthélémy.

Enivrée, Rosalie marque une pause pour reprendre sur un ton plus grave.

— Mais il y a dans l'Artibonite et dans ces provinces comme une sorte de punaise communiste des champs qui sabote nos efforts à la racine et s'oppose au changement. Ils veulent garder leurs terres. Ils refusent de payer les taxes. Ils s'opposent à la fermeture de ce coûteux chemin de fer. Ils distribuent leurs tracts à la sortie des offices religieux, entends-tu, Barthélémy ? De la messe ! La punaise a peu de mots dans son vocabulaire, mais il en est un qu'elle connaît et redoute un peu.

— La force, répond aussitôt le lieutenant.

— Éclairée.

— La force éclairée, répète doctement Barthélémy.

— Connais-tu la devise de nos macoutes ?

Barthélémy fait semblant de ne pas savoir.

— « Servir ou périr ! » répond à sa place Rosalie. C'est la devise de mes volontaires. Périr, n'importe quel idiot peut y arriver. Mais servir...

Rosalie isole le verbe quelques secondes dans l'espace et le temps comme s'il impliquait une grande réflexion de sa part.

— C'est ça le plus grand sacrifice. Servir comme nous le faisons ici à Fort-Dimanche.

Ce « nous » que Rosalie a volontairement glissé dans sa phrase ranime l'intérêt de Barthélémy pour la discussion. Le surveillant s'imagine soudain dans la lumière. Reconnu. Promu. La fanfare poussant dans les aigus tandis qu'il remonte le Champ-de-Mars. Le président glissant l'épaulette dorée du Mérite national dans le passant de son uniforme. Barthélémy se voit revenir triomphant dans les rues de son quartier natal de Pétion-Ville, vitres baissées, à bord d'une belle voiture américaine prêtée par le régime. Le troisième enfant de Fortunée et Anatole Gibénor, modestes maraîchers des faubourgs de Port-au-Prince, se voit un court instant récompensé de ses efforts. Mais Barthélémy n'a pas sa casquette. Et sur cette terrasse, il commence à bouillir dans son uniforme kaki sous le soleil de midi. Il reprend conscience, fatigué par ce monologue.

— Nous travaillons sans relâche, madame. Et nous sommes fiers de travailler pour la femme de confiance du président, lance-t-il dans une tentative de conclusion.

— Quelle femme ? Je ne vois ici aucune femme. Je ne vois que des militants, dit Rosalie.

1986

Les Gonaïves, au nord d'Haïti.

Les poumons de Sybille la brûlent, mais elle doit continuer de courir avec les autres jusqu'au bas de la rue. Il faut contourner le bâtiment et rejoindre l'arrière du lycée pour forcer le passage. Une camarade fait tomber un petit tas de tracts et entreprend de le ramasser.

— Laisse ça là ! crie Sybille. Tu veux te faire arrêter toi aussi ?

La fille l'écoute et laisse les papiers à terre. Certaines courent pieds nus, chaussures à la main, pour éviter de trébucher. Ils sont une trentaine d'étudiants venus d'un peu partout braver les consignes de la police dans la ville des Gonaïves. Comme Sybille, certains ont le bandeau rouge noué autour du bras ou du cou. Le groupe arrive enfin devant l'entrée. Une simple planche de bois barre le passage. En tête, Sybille crie aux autres :

— On entre ! Allez, on entre ! Poussez ! Mais poussez ! et ses amis l'imitent.

Le gardien du lycée s'oppose mollement. Sybille le pousse contre le mur en le fusillant du regard. Il y a un mélange d'excitation et de peur, des rires et des cris. Il y a la liberté, mais la mort n'est pas loin. Les étudiants se répandent dans l'établissement. Ils ouvrent une à une toutes les portes des classes et entrent en criant leurs slogans aux élèves devant les enseignants médusés. La plupart d'entre eux ne connaissent rien à la lutte. La rage improvise à leur place. Et quand ils sont à court de mots politiques et compliqués pour secouer les jeunes, il suffit de citer les noms de Jean-Robert Cius, Michel Mackenson et Daniel Israël. La seule évocation des trois petits manifestants fauchés par l'armée, ici même aux Gonaïves quelques semaines plus tôt, pousse toute une génération vers l'avant. Il faut lever les lycées pour qu'ils débraient et bloquent les cours. Cette idée doit saturer les esprits. Les projeter dans la rue. C'est ainsi qu'on déborde le pouvoir et que l'on rend un pays incontrôlable. Des écoles aux champs de manioc, il faut que ce pays renâcle. S'immobilise et gronde. Seul Port-au-Prince tarde encore à entrer dans le mouvement. Mais le feu a pris et plus rien ne doit l'arrêter. La grève des écoles s'étend. Partout où la jeunesse se rallie, elle entraîne avec elle les adultes. Catholiques, communistes, athées, gens de la campagne ou des villes. L'esprit de révolte soufflait depuis quelques années, là, il se met à rouler plus vite encore, comme une roue trop longtemps bloquée. L'espoir d'un changement renaît. Ce pays est pressé. Il a trop perdu de sang et de temps.

Les lycéens chauffés à blanc sortent des classes en hurlant, en renversant des tables. Ils rejoignent la cour où les étudiants leur jettent leurs tracts depuis les coursives. Tous ces adolescents ne comprennent pas l'enjeu, mais ils se sentent soudain vivants, acteurs du désordre. Bientôt ils iront défier du menton le bataillon stationné dans le centre. Sur les tracts en créole, on peut lire :

JEUNESSE DEBOUT POUR HAÏTI
Non à la misère ! Non à la Constitution !
À bas Jean-Claude qui tire sur les enfants !
Justice pour les TROIS !
Collégiens, lycéens, étudiants dans la rue
pour notre liberté !
Mercredi midi au Cap-Haïtien !

De tous les militants présents ce jour-là aux Gonaïves, Sybille est de loin la plus expérimentée. Elle est là en mission. La conférence des partis de la Anse compte sur elle pour faire de la prochaine manifestation une épreuve de force. La venue d'une marée de jeunes au Cap va paralyser la police et l'armée. Il le faut. Un autre bain de sang n'est plus permis. Ce rassemblement va retourner une partie des soldats, las de tirer sur des enfants. Tandis que ses camarades prennent la parole, Sybille cherche les délégués de classe, les leaders. Elle va les rapprocher des comités de lutte populaire de la région. Une révolte s'organise. Sybille va d'un élève à l'autre, les responsabilise. Elle trouve des mots simples. Elle les regarde à hauteur d'adolescents.

Sybille n'a pas rallié le mouvement des étudiants sur le tard, elle en est l'une des racines. Avec une poignée de jeunes communistes chrétiens de la fac de droit de Port-au-Prince, elle a perçu les changements à venir. Avec eux, elle a travaillé dans l'ombre pour préparer ce moment d'insurrection. À l'université d'État d'Haïti, les services de renseignement traquent les cellules politiques sur le campus. La peur des espions cadenasse la parole. Il faut être prudent. Avec ces rats, même le réseau des amitiés et des amours doit rester flou. On ne montre ses tripes que lors de réunions privées que Sybille organise avec les autres en périphérie de Port-au-Prince. Des personnalités sont invitées en toute discrétion. Des hommes d'Église, des politiques, des exilés rentrés clandestinement en Haïti. Sybille relie les bonnes volontés. En quelques années, la métisse émerge comme l'une des plus douées du groupe. Elle le sait mais n'en tire aucune fierté. Quelqu'un doit le faire. Ses camarades la surnomment « la couseuse ». Sa façon de peaufiner le moindre détail, étudier les horaires de bus, trouver le papier à imprimer, gérer la caisse noire du groupe, trouver le lieu pour se réunir en fonction des événements. C'est la couseuse. Mais Sybille voit autre chose dans ce sobriquet : la bouche cousue, celle qui ne fait pas de bruit. Il faut garder la tête froide car tout se joue maintenant !

Ni la police ni l'armée ne se montrent encore. Il faut bouger. Cacher les foulards dans les poches et retrouver les voitures garées non loin. Sybille siffle. D'autres sifflent et la petite troupe comprend. Il faut partir avant l'arrivée des uniformes.

— On s'en va ! crie-t-elle aux autres.

Ils s'évanouissent aussi vite qu'ils sont venus, tels des chats reliés par l'esprit. Ils sont déjà ailleurs. La trace est fraîche.

1971

Port-au-Prince.

Pour l'occasion, Rosalie s'est habillée en femme. Elle a troqué son habituel uniforme couleur taupe pour une robe noire. Elle a fardé ses paupières d'un violet assez vif et ses cils d'un peu de mascara. Sa sacoche à la main, renflée de documents, la dame de fer d'Haïti marche d'un pas décidé sur le gravier de l'allée qui mène au palais présidentiel, ce grand bloc de marbre blanc. Le Docteur l'attend.

S'il faut évoquer le physique, Rosalie n'est à proprement parler ni attirante, ni séduisante, ni pénétrante, ni aucun mot se rapportant à la beauté d'une femme noire. Les hommes ne l'ont jamais envisagée comme l'objet d'un désir présent ni même futur. C'est la forme de son nez, peut-être. L'écart réduit de ses yeux. Ses pommettes un peu trop généreuses. Cette lèvre inférieure qui se dérobe sans que l'on sache trop pourquoi. Son corps enfin qui, par un mystère que fort heureusement personne n'a osé lever, n'a jamais atteint le galbe de ses deux aînées, Ophélie et Fortunée. Une couturière mal lunée lui avait un jour dit, adolescente, que son absence de taille gâchait tout, que c'était là le problème. Et pour rendre cette donnée plus douloureuse encore, les sœurs jumelles de Rosalie affichaient au même âge leur insolente beauté. Avec leurs jolies cambrures, à la limite de la déformation lombaire, elles suscitaient des vagues de jalousie parmi les filles du coin et, chez les garçons, un appétit sexuel qui rayonnait bien au-delà des limites de leur quartier. Comme elle le fait pour chacun d'entre nous, la société a placé Rosalie dans une catégorie physique impossible à discuter. Celle des femmes ni belles ni repoussantes. Mais dans sa vie, Rosalie n'a pas perdu une seconde sur cet aspect des choses. Bien qu'elle ne l'ait jamais décrété, elle a très tôt négligé sa peine pour se concentrer pleinement sur la trajectoire de sa vie et sa terrible ambition. Son caractère l'a voulu ainsi.

Essoufflée, Rosalie atteint enfin les quatre colonnes du perron où se font face, impassibles, les deux militaires de faction de la garde présidentielle. En uniforme d'apparat, casque blanc à toupet, sabre au flanc, les deux malheureux suent déjà à grande eau. Le rendez-vous prévu de longue date a été avancé au matin. Deux de ses tontons macoutes l'ont conduite de son pavillon de Pétion-Ville jusqu'au palais. Les deux volontaires ont également pour mission d'assurer sa protection et c'est pourquoi, contrairement à son habitude, Rosalie ne porte pas d'arme ce jour-là.

À l'affût derrière les portes vitrées de l'intérieur du palais, Faber, l'un des chefs de cabinet du président, vient l'accueillir et lui prend la main avec beaucoup de considération, comme il le fait avec à peu près tous les dignitaires du régime.

— Le président vous attend, se contente-t-il de dire.

Il fait aussitôt pénétrer Rosalie dans le hall d'entrée. Ils montent les majestueux escaliers tournants à double volée qui conduisent au vestibule de l'étage. Là, Faber prie Rosalie de s'asseoir un instant.

— Le temps que Son Excellence soit informée de votre présence, fait-il.

Quand Rosalie finit de poser les fesses sur le velours du canapé, Faber a disparu.

∴

Et succède l'attente. Des heures entières sans nouvelles de Faber, ni de quiconque. Personne à interpeller à cet étage, personne sur qui passer son impatience. Pas même un petit verre d'eau. Pourtant, plus loin, le palais continue de vivre. Rosalie entend plusieurs fois le *tak tak* que font des talons sur les dalles du hall juste en dessous. Plus loin encore, la rumeur de la cuisine. Des casseroles qui s'entrechoquent, des objets déplacés. Par moments, du dehors, elle entend des voix d'hommes. Les militaires qui s'invectivent pour tromper l'ennui. Mais ici, dans l'aile orientale qui héberge les appartements et bureaux privés du président, nulle activité, aucun bruit. L'heure tourne et Rosalie se met à ressentir la faim. Bien qu'elle ne soit pas désirée, la petite bête du doute se fait une place à côté d'elle sur ce canapé de style français et la colère monte.

« Ce laquais de Faber ne peut pas m'avoir oubliée, se dit Rosalie à elle-même. C'est lui qui m'a annoncé hier la nouvelle heure du rendez-vous. Se serait-il trompé dans son agenda ? Oui, il s'est peut-être trompé et il ne se rend compte que maintenant de son erreur. Il a peur de me l'annoncer. Il sait que je vais exploser s'il me l'avoue. Voilà, c'est ça : Faber n'ose pas me le dire et il se terre dans son office en priant que je comprenne de moi-même et déguerpisse. Le chien ! »

Quelques minutes et la pensée de Rosalie s'emballe encore. « Faber joue un double jeu. Il me fait attendre à dessein ? Oui, c'est ça. Il joue. Ce cancrelat de Faber veut me faire croire que le président m'évite. Mais le président ne sait pas que je suis là ! Faber s'amuse à me voir quémander des rendez-vous. C'est lui qui les repousse sans en informer le président. Il teste ma patience. Tout est bien clair maintenant. » La colère de Rosalie crépite et finit d'électriser les deux hémisphères de son cerveau. « Non ! Faber ne se permettrait pas de se mettre entre moi et le président ! Ce crapaud s'est pris pour un ministre ! Il pense isoler Rosalie du reste du palais comme l'on trie les pépins du caca ? Mon Dieu… Pauvre de lui. Un mouvement de ma bouche et tu deviens Faber résident de Fort-Dimanche ! Tu ne sais pas ce que tu fais ! »

Face à Rosalie, loin de l'autre côté des grands escaliers, une porte s'ouvre. Un homme en costume, puis deux, puis toute une nuée de Noirs distingués et bien habillés s'échappent d'une pièce pour se répandre en petits groupes, hors de sa vue, dans le couloir et les allées. L'aile ouest abrite les services d'intendance et d'administration du palais, le Conseil des ministres. Rosalie identifie plusieurs d'entre eux au loin. Aucun ne la salue mais à cette distance, pense Rosalie, ils peuvent tout aussi bien ne pas l'apercevoir. Dans sa robe noire, Rosalie se confond un peu avec le décor. Pour se signaler, il aurait fallu qu'elle pousse la voix. Mais si gueuler de la sorte est dans sa nature, elle sent que ce n'est ni l'endroit ni le moment.

À bout de bavardages, la plupart des ministres et conseillers redescendent vers le hall. Mais deux d'entre eux prennent la direction des bureaux de la présidence. Rosalie les reconnaît. René Chalmers est le ministre des Affaires étrangères. Jean-André Rousseau est depuis peu à la Justice. Les deux hommes continuent de parler quand ils tombent nez à nez avec Rosalie assise sur son canapé. Bien que surpris, ils réagissent aussitôt.

— Rosalie, quel bon vent ? dit Jean-André, enjoué.

— Rosalie, bonjour ! Quelle élégance… fait René.

— Messieurs, bien le bonjour à vous, répond Rosalie.

— Comment va Max ? dit Jean-André. Cela fait des mois maintenant qu'il ne vient plus au Conseil. Sa présence nous manque à tous. Rien de grave, j'espère ?

— Il n'y a pas d'inquiétude à avoir. Max se porte de mieux en mieux mais son médecin l'oblige à garder le lit, que voulez-vous… Vous connaissez Max, il travaille tout de même. Il rend compte de son action au président. Dans quelques jours, dit le médecin, je n'aurai plus ce hideux personnage à la maison !

Jean-André se met à glousser.

— Le ministre de la Santé d'Haïti en convalescence… la chose est cocasse, fait René, un brin perfide. La presse étrangère va finir par se moquer.

— Qu'ils chient où bon leur semble, les journalistes. La maladie se discute, alors ? Quoi qu'on dise, n'est-ce pas Dieu qui décide ? N'est-il pas ? Et personne, pas même un ministre, n'est à l'abri d'un coup du sort, termine Rosalie en regardant René qui saisit très bien la menace.

— Chère amie, embraie le ministre de la Justice, nous devons vous laisser, Son Excellence nous attend pour une affaire urgente.

Et en un éclair, sans laisser le temps à Rosalie de hurler que c'est son tour de rencontrer le chef suprême, Jean-André pousse René dans le dos si fort qu'ils s'engagent comme deux obus dans le couloir présidentiel. Un aide de camp – qui n'est pas Faber – surgit de nulle part et les fait disparaître par une porte dérobée. Les deux hommes entrent dans le bureau de François Duvalier. Si importante soit Rosalie dans ce pays, fût-elle la femme d'un ministre en exercice, la directrice de Fort-Dimanche, la chef des tontons macoutes, ce couloir lui est interdit. Nul n'y pénètre sans y être invité par le président en personne, Papa Doc. L'après-midi est déjà bien entamé quand l'archevêque de Port-au-Prince, précédé d'un autre aide de camp du président, se présente au palais. Il rejoint comme elle l'a fait plus tôt le vestibule. Rosalie le regarde, stupéfaite, entrevoyant trop bien la suite des événements. Le religieux salue Rosalie d'un léger mouvement de tête, sans piper mot. Il a la face ronde des bébés, mais ses sourcils plongeants lui donnent l'air sournois. Il s'assoit à côté de Rosalie sur le canapé, laissant peu de place au doute. Le silence se fait et, au bout de quelques minutes, une voix anonyme se fait entendre au loin.

— Archevêque François-Wolf Ligondé.

Le religieux se lève, la salue avec la même parcimonie et disparaît à son tour dans le couloir. Rosalie est prise d'un vertige. Elle entreprend de quitter le canapé. Une fois debout, elle chancelle, se reprend et entame la descente de l'escalier pour quitter tout de suite cet endroit. Alors qu'elle va pour franchir les portes du grand hall, un conseiller qui n'est pas Faber la rattrape.

— Madame Adolphe, vous voilà ! dit l'homme qu'elle ne connaît pas. Nous sommes désolés, mais le président ne va pas pouvoir vous recevoir. Il n'est plus au palais.

Les oreilles de Rosalie bourdonnent. Elle fait « oui » de la tête et rejoint l'extérieur.

1982

Port-au-Prince.

Certains disent qu'il existe au nord de la capitale, sous la longue chaîne des Matheux, un minerai noir aux dimensions formidables. Un bloc gigantesque encapsulé loin, à la verticale du volcan de la Vigie. Aucun séisme n'a vraiment réussi à le déplacer. Aucune colonne de lave n'a pu l'entamer, le faire fondre. Ce noyau inaltérable et froid restera enchâssé là jusqu'à la débâcle de ce monde. C'est lui qui catalyse comme nulle part ailleurs la magie sur Haïti. Les Indiens Taïnos, les aventuriers blancs, les esclaves noirs... parmi ces vagues humaines, ceux qui tutoyaient l'invisible ont aussitôt perçu l'extraordinaire pouvoir enfoui ici. À son contact, les gardiens du vaudou ont ressenti quelque chose de nouveau. Sans chercher à comprendre, ils ont plongé dans ce bain fortifiant. En une seule génération, les *hougans* sont devenus tout-puissants. Ils ont approfondi leur art de la divination et relevé les morts. Accomplissant en cet endroit ce qu'aucun de leurs ancêtres africains n'a jamais pu produire. Mais ce noyau agit aussi comme un mystérieux aimant sur les hommes et les femmes de passage. Cette attirance inexpliquée, cette soudaine obsession pour Haïti, sa luxuriance et sa culture. Sa beauté brute qui se refuse. C'est le minerai noir.

Non loin de cette montagne, Sybille apprend un jour tout sur son passé. Elle a tout juste vingt-trois ans. Son affectueux parrain blanc, son « Pacha » comme il voulait qu'elle le surnomme, a été emporté par un infarctus à Bali. La dernière des nombreuses îles où le peintre britannique a posé ses bagages et ses pinceaux pour y pratiquer son art. La douleur de Sybille est solitaire et immense. Le deuil, impossible. Jason, c'est l'ange gardien avec un gros nez. Une barbe blanche et sacrée. Un rire capable de fendre la roche et tous les préjugés. Son regard bleu acier qui ne vous lâche que s'il a son compte d'amour ou d'amitié. La femme et les filles de Jason l'ont enterré dans un caveau à Woodford, dans les faubourgs de Londres. Elles ont volontairement prévenu Sybille bien après les obsèques par une lettre, quelques mots convenus accompagnés du faire-part. Jusqu'au bout, aux yeux des proches de Jason, elle paie le prix d'être sa petite protégée de couleur à l'autre bout du monde. Jason a-t-il un jour tenté d'expliquer à sa famille la nature des liens qui le reliaient à la petite mulâtresse de Jérémie ? Certainement pas. Car il aurait fallu justifier. Le peintre exubérant et un brin dépressif a projeté ses forces loin de chez lui et des siens sans volonté de nuire. Il n'y eut jamais de débat à ce sujet. Jason a donné la petite mesure nécessaire à sa famille et tout le reste au cercle vertueux de l'art, du voyage et des rencontres. Une vie sans débauche mais au loin, sans autre guide que sa liberté d'aller et venir là où la terre, les éléments et les hommes fouettaient le plus sa créativité. Et de tous les endroits où il a trouvé les raisons d'aimer et de créer, Haïti est devenu pour lui une obsession. Le minerai noir.

Un jour, un courrier parvient chez les parents adoptifs

de Sybille. Il lui est adressé. Un clerc de notaire de Port-au-Prince lui donne rendez-vous. Il est chargé de régler une partie de la succession de feu son parrain pour le compte d'un confrère anglais. Malgré les efforts de la famille de Jason, Sybille apprend qu'elle héritera d'une jolie somme pour poursuivre ses études. Plus curieux, elle est invitée à se rendre à l'*Oloffson*, un grand hôtel de Port-au-Prince tenu par une vieille Américaine pour y récupérer, « en main propre » a insisté le peintre, un lot d'objets que le notaire a déjà inventoriés. Quelques jours plus tard, son frère Ignace dépose Sybille en mobylette devant l'hôtel de style colonial. Suzanne, l'Américaine qui gère ce lieu mythique de Port-au-Prince depuis le décès de son mari, l'attend à l'intérieur, dans le hall. Quand elle voit la jeune Sybille, Suzanne ne lui laisse pas le choix. La vieille la prend aussitôt dans ses bras en répétant sans fin son prénom. Elle sort la tête de son épaule pour prendre son visage entre ses mains fripées.

— Il m'a tant parlé de toi, dit Suzanne en souriant. Petite Sybille. Mon enfant, tu es si belle. Tout comme il m'a dit. Ton Jason. Comme il m'a dit…

Et, alors qu'elles ne se connaissent pas, les deux femmes pleurent un long moment, leurs corps soudés dans la peine.

Sybille passe le reste de la journée au premier étage de l'hôtel. Dans la suite Graham Greene, Suzanne a fait porter une malle et une chemise à dessins. Dans la pochette en carton, Sybille découvre une quarantaine de gouaches et de pastels. Il y a beaucoup de portraits et une collection de paysages d'Haïti. L'une des toiles la représente, riant sur une terrasse. Elle se souvient, émue, avoir posé pour lui à l'hôtel *Oloffson* un hiver en lui contant ses aventures politiques et amoureuses. Le bombardement de couleurs, la vitesse d'exécution, ce regard bienveillant et chaud sur tout ce qui le touchait dans ce monde, même ce qu'il ne comprenait pas, c'était Jason. Sybille ouvre la malle. Elle trouve une canne grossièrement travaillée dans le style vaudou, de beaux livres anciens en anglais et en français évoquant le voyage, les originaux de cartons d'invitation pour ses anciennes expositions, un drôle de collier en écaille de tortue, une jolie montre suisse au bracelet élimé que portait souvent Jason, des cahiers à spirale griffonnés de centaines de croquis. Enfin, cet épais carnet dont Sybille commence la lecture.

∴

Sybille referme le carnet. Elle quitte la chambre et descend saluer Suzanne. Les deux femmes se séparent avec la même émotion. Elles jurent de se revoir. Sybille n'emporte que la montre et quelques toiles sous le bras.

— Le reste, dit-elle à Suzanne, gardez-le pour moi pour l'instant, mais exposez ses tableaux pour faire connaître sa peinture.

Sybille quitte l'hôtel *Oloffson*. Cette bulle d'un passé luxuriant et révolu où Jason aimait loger lors de chacun de ses passages à Port-au-Prince. Elle regagne la route à pied et prend plusieurs *tap-tap*[1] pour rentrer chez elle dans le quartier du Bois-Verna. Il n'y a personne à la maison, ni ses parents ni son frère. Elle va dans sa chambre et s'assoit sur le lit sans bouger. Sa poitrine se lève à peine pour respirer. Tout ralentit. Le bruissement du vent sous la véranda, les diagonales que trace à cette heure le soleil par la fenêtre, l'odeur de la goyave qui monte du jardin, le carillon lointain du camion à sorbets qui attire les gosses,

1. Taxi collectif haïtien.

tous ces détails sans importance d'un après-midi d'été à Port-au-Prince, Sybille les perçoit avec une acuité inouïe. Son cœur s'est arrêté à l'*Oloffson*. Il ne se remet à battre que maintenant et son rythme a changé. La somme des questions qui s'enroulent en elle depuis son enfance s'est dénouée d'un coup à la lecture du carnet de Jason.

1971

Route des Gonaïves, au nord d'Haïti.

— Je voudrais voir le strip-tease total, dit le macoute Gérard.

— Le monsieur n'a pas touché sa doudou depuis trop longtemps, soupire Sony. Excusez-le, madame Rosalie.

— Gérard, il voit des femmes nues partout dès le chant du coq, renchérit Ariel au volant.

— Et qu'est-ce que le strip-tease total, Gérard ? dit Rosalie sans faire attention aux autres.

— C'est celui où la fille après s'être déshabillée... enlèverait sa peau, envoie Gérard sur un ton poétique.

Il flotte dans l'estafette un silence songeur. Romélien, Abel, Ariel et Sony semblent tous invoquer dans leurs têtes le désir fou de Gérard. Le voyage des *tèt kale* de Port-au-Prince vers les Gonaïves touche à sa fin. L'estafette a remonté la route capricieuse qui longe la côte jusqu'à la ville de Saint-Marc durant plus de deux heures avant de poursuivre vers le nord à travers les terres et les paysages verdoyants de l'Artibonite. À Pont-Sondé, le camion ralentit sur le grand pont qui enjambe le fleuve. C'est jour de marché. Les paysans profitent du trafic incessant sur la nationale pour vendre aux routiers le produit de leurs récoltes. Cela crée des bouchons. L'estafette des *tèt kale* roule au pas. Sans prévenir, Gérard pose son pistolet-mitrailleur Uzi sur le tableau de bord, ouvre sa portière et saute avec l'agilité d'un puma sur le trottoir. Sony, assis à son côté à l'avant du véhicule, soupire et referme la portière derrière lui. Gérard trottine à pied au milieu des étals et des badauds à hauteur de l'estafette. Son costume noir cintré ne le gêne pas vraiment. Il retire son chapeau mou et se met à le remplir de fruits et de légumes. Se servant à volonté sous l'œil ahuri des marchands. À la surprise succède vite une vague de protestations. Des femmes se mettent à crier. Un paysan, à qui Gérard a volé un ananas, saisit même sa machette et se met à le poursuivre, bras levé. Sourire aux lèvres, Gérard continue son trot, prenant çà et là les plus beaux fruits. Il oblique brusquement vers le côté du camion pour jeter le contenu de son chapeau aux pieds de Sony.

— Voilà pour le reste du voyage, lance Gérard au groupe dans l'estafette en remettant son chapeau noir sur le crâne.

Puis Gérard retombe sur le trottoir. Il fait volte-face et se précipite sur le paysan qui arrive avec sa machette.

— Eh bien quoi, toi ?! aboie Gérard en pointant vers lui le pistolet-mitrailleur qu'il vient de récupérer dans l'estafette. Tu veux ta monnaie, petit macaque ?

Il y a un grand mouvement de recul et un ho ! général dans la foule. Le paysan effrayé tombe le cul à terre. Il cherche appui pour se relever en battant des jambes. Le vide s'est fait autour de lui. Gérard se rapproche jusqu'à partager son haleine et lui dit, les dents serrées :

— Écoutez-moi bien, monsieur ! Si vous me demandez encore de l'argent, je reviens vous voir personnellement pour vous envoyer dans l'Artibonite ! Je vous jette dans le fleuve et je tire avec ça, dit-il en brandissant son Uzi sous son nez.

Gérard le domine de toute sa taille, de toute sa hargne. Le paysan s'enfuit à l'opposé de son étal. Gérard rattrape l'estafette en trottinant. Il reste un moment à l'extérieur, debout sur le marchepied, accroché d'une main au montant de la porte alors que le véhicule reprend de la vitesse. Il retire son chapeau, incline le visage sur le côté pour se laisser balayer par le vent. Il hume l'air ambiant, l'arôme des fruits et des légumes entassés là au soleil, la fraîcheur de la rivière qui tamponne la sueur sur son front, puis il ouvre brusquement la porte et reprend sa place à bord. Le macoute saisit une pomme malaka bien juteuse et croque dedans. Dans le camion, on se partage les fruits. La radio joue « À la regrette », un vieil air de *kompa*. Personne n'a vraiment remarqué l'incident, car personne ne se soucie plus des agissements du tempétueux Gérard. Et certainement pas Rosalie. Un trouble diffus étreint la chef des macoutes à mesure que la camionnette avale les kilomètres. Elle pense bien sûr à ce nouveau rendez-vous manqué au palais présidentiel, mais quelque chose de plus profond la taraude. Habitée du sentiment naïf de sa propre invincibilité, Rosalie ne craint pas pour son avenir, ni même sa vie. Dans cette période de chaos en Haïti, Rosalie se croit à juste titre l'Haïtienne la mieux adaptée à son milieu. À l'abri derrière les remparts de Fort-Dimanche, entourée de ses chapeaux-tueurs, forte des services rendus à Papa Doc, Rosalie se voit au-dessus des aléas de la politique ou de l'histoire. Elle est libre d'aller et venir en tous points de ce pays. Et quand bien même le ciel devrait demain s'ouvrir en deux, aidé du peuple ou de la CIA, Rosalie ne craint pas le bouleversement. Elle est celle qui, quoi qu'il arrive, aura la formule adéquate par la force ou le verbe pour tirer son épingle du jeu. Celle qui cernée par ses ennemis, nue sur la place publique, trouvera encore le moyen de retourner la foule. Pourvue du courage aveugle de ses ancêtres mandingues, elle n'éprouve pas la peur. Mais le doute ? Ce sentiment récent qui l'imbibe et fait d'elle une autre Rosalie, d'où vient-il au juste ? On dirait une colle épaisse, de la poix tiède qui coule tout doucement en elle quand viennent les jours tristes. Cherchant de nouvelles façons d'occuper son espace intérieur. Ce doute, comment est-il entré ? Les manœuvres des intrigants du palais n'y sont pour rien. Elle y est depuis longtemps habituée. Non, cela vient de plus loin.

Rosalie et les *tèt kale* atteignent les Gonaïves peu avant 11 heures. Ariel prend la direction du port pied au plancher. Dans le dédale des ruelles étroites, il klaxonne et jure contre tous ceux qui gênent sa route : homme, femme, vieillard, enfant, animal. Soudain, devant une bicoque jaune au style colonial, Ariel pile net. C'est la maison de Victorien Paul, dit « Monsieur Paul ». Le commerçant est aussi le représentant des tontons macoutes en ville. Ariel pose le coude sur le klaxon jusqu'à ce qu'il sorte de chez lui. Le raffut fait sortir les voisins aux fenêtres. Monsieur Paul apparaît. Il porte un chapeau gris, un pantalon et une chemise à manches courtes bleu ciel. Le temps qu'il s'engouffre dans l'estafette, Ariel est déjà reparti.

— Bonjour, madame Adolphe ! fait Victorien, jovial. Prenez à droite, puis allez tout là-haut jusqu'à la nationale ! Ensuite, je vous dirai...

Ariel accélère en écoutant les indications. Car Monsieur Paul est là pour ça : guider les *tèt kale* jusqu'au traître Eugène Baptiste Evenor qui vit quelque part sur les hauteurs des Gonaïves.

Le matin même, Eugène Baptiste Evenor s'est fait la réflexion en prenant son petit déjeuner sous la tonnelle du jardin. « Ce pays est désormais trop petit pour nous. Il ne faut pas regretter. Il ne faut pas. » Et disant cela, son cœur généreux saigne à grosses gouttes. Car Eugène est patriote et férocement haïtien. Ses parents, ses grands-parents, ses arrière-grands-parents lui ont légué cet amour infini et fier pour sa terre d'Haïti et sa région natale. Eugène a, enchâssé en lui, tout le vert de ces vallées, ces massifs et ces bois, ces cours d'eau, jusqu'au sommet de ces mornes pelés où somnolent les bêtes à bosse au service de l'homme. À force d'observation et de labeur, il connaît l'intimité du rythme des saisons dans toute cette partie de l'île. Les légumes, les aromates à semer. Les fruits à récolter. Les racines à déterrer et celles qu'il faut laisser tranquilles. L'attente de la récolte. Il respecte cela. Sa côte et sa terre salée des Gonaïves lui parcourent le sang. Des plages du sud aux recoins plus secrets du nord, dans ces cirques de pierre où se réunissent les siens à l'ombre du soleil le dimanche. Eugène est un griffe[1], un créole à la peau claire. C'est-à-dire qu'il est le fruit d'un complexe lignage fait de Blancs et de Noirs, de boucaniers et d'esclaves de la Martinique, de soldats polonais, de prostituées, de métayers, de reines et de rois sans sujets. Il est le résultat d'un sang qui a voyagé malgré lui pour s'arrêter et prospérer ici, en Haïti. Il aime cette île à en crever. Pour rien au monde, il n'aurait envisagé la quitter. Il y a des biens, des camarades, des repères, un quotidien à la fois banal et précieux. Et pourtant, tout est fin prêt. Le bateau les attend demain, lui et sa famille à l'est de Cap-Haïti, à 4 heures du matin près de la fabrique Gabarre de filets de pêche.

1. Métis de Noir et de mulâtre.

Avec une autre famille du nord, ils embarquent d'abord pour les îles Turques-et-Caïques, pour naviguer ensuite vers les îles anglaises de Crooke. En ville, trois semaines plus tôt, un homme dans une voiture luxueuse s'est arrêté devant sa femme, Suzanne. Il l'a menacée de la violer personnellement, elle et ses filles, l'une après l'autre, si son mari continuait à parler politique à ses ouvriers. Eugène a pris sa décision.

Ariel lance l'estafette à l'assaut de la montée bitumée qui marque l'entrée de la petite propriété. Le moteur rugit. Les *tèt kale* ajustent leurs chapeaux, saisissent leurs armes. Rosalie est la première à descendre.

— Il est seul là-dedans ! lance Monsieur Paul à Rosalie.

Rosalie fond sur la maison. On la dirait en retard à un rendez-vous. Romélien, Abel et Gérard la rattrapent vite pour la devancer et se disperser dans l'habitation à la recherche du traître. Le reste de la troupe, Ariel, Sony et Monsieur Paul, est resté au véhicule. Au bout d'un moment pas si long, ils entendent Rosalie crier très fort en créole à l'arrière de la maison. Le groupe réapparaît côté jardin avec Eugène. Rosalie avance à côté des tontons macoutes. Elle fait pleuvoir sur lui un tombereau d'insultes. Romélien empoigne soudain Eugène par sa chemise et l'envoie violemment contre l'aile du camion. Dans un grand fracas, le Noir cogne la tôle et tombe à terre, face au groupe.

— Eugène Baptiste Evenor, articule Rosalie, indigne cloporte ! Quelle mouche t'a donc piqué ? Tu pensais pouvoir importuner ce pays plus longtemps avec tes activités ? Han ?! Dis-moi, Eugène Evenor, tu veux faire fleurir l'intellectuel sur le fumier haïtien ?

Rosalie est tout à coup à court d'arguments et Eugène en profite.

— Qu'est-ce que vous racontez, madame ? dit-il. Depuis des mois, vos tontons racontent partout que je suis communiste. Est-ce que je sais moi ce que c'est le communisme ? Est-ce que je...

Il y a comme un éclair argenté sur le visage d'Eugène. Le coup de cravache est parti si vite qu'il a surpris tout le monde. Rosalie a déjà armé son bras pour une seconde volée.

— Vous ne... s'indigne Eugène.

Shlak ! répond la cravache. Eugène hurle en se tenant la joue.

Et Rosalie s'approche d'un pas.

— Madame... lance Eugène en la regardant, ivre de colère.

Rosalie s'approche encore, fouette une nouvelle fois son visage de sa cravache. Un rictus de cruauté fige sa bouche de travers. Le bras levé, elle n'attend qu'un mot d'Eugène, un petit mot de plus, pour le frapper à nouveau. Mais ce mot ne vient pas.

— Eugène Baptiste Evenor, vous essuierez encore longtemps le caca de votre dictature communiste sur le sol de ce pays, dites-le-moi ? À moins que vous ne comptiez rejoindre les apatrides qui bavent chaque jour sur Haïti ? Je voudrais savoir si cela est vrai, Eugène Baptiste Evenor ? Vous allez bientôt rejoindre ces malfaisants pour préparer votre révolution ? Vous comptez nous quitter ainsi ?

Eugène fixe le sol. Il se laisse aller à la haine de Rosalie. Quelques coups de cravache ont finalement suffi. Depuis plusieurs minutes, la reine des tontons macoutes ne foule plus l'herbe de ce jardin avec eux. Elle est sur scène et fait face à un public imaginaire qu'il lui faut convaincre et galvaniser. Une assemblée immense venue de tous les replis d'Haïti pour l'entendre. Et pourquoi ne pas le reconnaître, Rosalie jouit presque physiquement de ces moments où l'idéologie recrute la justice. La réalité est évidemment tout autre. La politique, une tenue d'apparat bien utile pour habiller le mensonge. Eugène n'est pas communiste. Il ne fait pas vraiment de politique. Mais avec cœur et logique, il s'oppose depuis le début de l'année à la décision de François Duvalier de fermer pour de bon la ligne locale de chemin de fer. Toute l'activité de la région va s'écrouler. Les revenus, diminuer. Les perspectives des paysans de vendre leurs produits au-delà de ces montagnes, s'envoler. Les tontons macoutes ont déjà devancé le futur décret de Papa Doc. La nuit, le jour, ils viennent dans les profondeurs de la forêt tropicale avec leurs camions, leurs pioches et leurs leviers, voler les bouts de rails en toute impunité. Car ici, dans ce pays exsangue et oublié du reste du monde, l'acier a la valeur du diamant. Il y a peu, les macoutes de Duvalier ont même démonté la chaudière d'une locomotive à vapeur immobilisée en gare pour la vendre à une usine d'huile de cuisson. Ce pillage, Eugène ne l'accepte pas. Il a remué ciel et terre, les propriétaires terriens et les élus de cette petite partie de l'Artibonite. Et cela s'est su.

— Allez, pendez-moi ça à l'arbre aux questions ! dit Rosalie.

Sony sort une longue corde de l'arrière de l'estafette. Il noue fermement à son bout le petit cric losange du camion. La tête en l'air, il cherche dans le jardin l'arbre adéquat et fait tournoyer le cric comme un fléau. Au bout de plusieurs essais, Sony parvient à trouver un point assez fort entre les branches d'un arbre à pain pour y faire passer sa corde. Il dénoue le cric et les *tèt kale* nouent Eugène par les pieds, tout en lui liant les mains dans le dos. Romélien et les autres tirent alors sur la corde pour suspendre, tête en bas, leur victime dans le vide. Plusieurs mètres le séparent du sol. Sans que Rosalie fasse le moindre signe, Romélien crie soudain : « Lâchez tout ! » et les hommes laissent filer la corde laissant Eugène tomber à pic, tête la première. Il pousse un cri très bref et son corps en touchant le sol fait le bruit sourd d'un gros sac de riz tombé d'un bateau. Les macoutes remontent aussitôt Eugène tout en haut de l'arbre à l'aide de la corde. Il est encore conscient. Romélien crie : « Lâchez tout ! » Eugène tombe à nouveau sous l'œil indifférent de Rosalie. Et le bruit est cette fois différent, plus proche du craquement. Eugène pousse un râle grave et continu tandis que les *tèt kale* le remontent une nouvelle fois. Rosalie s'apprête enfin à poser une question à Eugène quand surgit une petite chose de la maison. La forme voltige, bondit et change tant de fois de direction que Rosalie ne parvient pas à distinguer vraiment ce qui court jusqu'à eux. Le petit être s'arrête net devant les tontons macoutes. Le garçon n'a pas huit ans. Il est torse nu et ne porte qu'un short blanc. Il se campe de profil, les jambes écartées, roulant des bras, les poings serrés, à la manière d'un boxeur. Sans baisser sa garde, il leur lance avec l'autorité que lui confère toute l'énergie du désespoir :

— Laissez mon papa tranquille ! Maintenant !

La vision est si inattendue, si farouche que Rosalie pourrait s'émouvoir. Sinon admirer, au moins prendre un instant pitié de cet enfant qui les défie tous de ses petits poings tendus. Rosalie pourrait juger ce garçon pour ce qu'il est : un enfant innocent protégeant son bien le plus cher, son papa. Mais Rosalie s'approche de lui et, sans hésitation, lui fouette le visage et la nuque plusieurs fois de sa cravache, comme elle vient de le faire avec son père. Elle le rabat ainsi en direction de l'estafette où Ariel le saisit sans ménagement. Rosalie prend l'enfant en pleurs par l'oreille et lui dit en désignant Eugène :

— Sais-tu seulement pourquoi ton père est là-haut ? Le sais-tu, petit insolent ?

— Vous êtes méchante ! Vous êtes méchante ! bégaie avec rage le petit garçon impuissant.

— Emmène-le loin d'ici, Victorien, je t'en prie ! hurle Eugène qui a renoncé à s'adresser à Rosalie et connaît vaguement le commerçant des Gonaïves.

— Ton fils a plus de poigne que toi, lui lance Rosalie. Il me fait meilleure impression.

— Emmenez-le loin d'ici, supplie Eugène. Ramenez-le. Et punissez-moi si ça vous chante.

Rosalie fixe le corps inversé d'Eugène qui oscille au bout de la corde. Elle tend sa cravache et lui dit :

— Nous n'avons pas terminé avec vous.

— Lâchez tout ! crie Romélien aux autres.

1982

Hôtel Oloffson. *Lecture du carnet de Jason Monet.*

11 juillet 1964, hôtel Oloffson. *Ce quatrième séjour prend une meilleure tournure. Autant je m'étais emmerdé la dernière fois après le départ de Cobus, autant là c'est la fête tous les soirs ! Je me suis fait un tas de copains et de copines bien roulées [dessin grivois de Jason]. Une quinzaine d'acteurs américains et portoricains sont là pour tourner les scènes d'un film censé se passer au Congo. Mais la pluie tombe sans arrêt depuis dix jours ! Ils pensaient économiser du fric et ils en perdent un paquet ! Leur putain de projet prend l'eau ! Le soir, je me suis fait un chouette camarade de picole : le producteur à qui je remonte le moral. Type très sympa et qui me fait penser à mon vieil Eddy. Raconte beaucoup de blagues de cul ! Un bon vivant de racine italienne à qui j'ai tiré le portrait avec grand plaisir. Le soir, les comédiens improvisent dans le salon. Certains ont des instruments. Flirt avec une Portoricaine dévergondée et drôle. Pas vraiment jolie. On a rigolé mais sans aller jusqu'à sa chambre ! Ça revit à l'*Oloffson *!*

∴

14 juillet 1964, hôtel Oloffson. *Un des cuisiniers de l'hôtel a disparu ! J'étais en vadrouille quand les tontons macoutes l'ont cueilli à son arrivée à l'hôtel. Ils l'ont jeté dans le coffre d'une voiture, nous ont dit ses collègues. Son frère serait un anti-Duvalier en exil. Il paie pour ça. Le patron de l'hôtel a l'air inquiet pour lui. Al connaît pas mal de monde ici, mais ça a l'air coton de le faire libérer. Les sales macoutes de Papa Doc l'ont amené dans leur prison de Fort-Dimanche. Ils torturent leurs opposants là-dedans. Le régime ici est sinistre et pourri jusqu'à la moelle. Et ça empire visiblement. Des familles entières disparaissent dans l'indifférence générale, me dit le patron. Il y a beaucoup de haines recuites dans cette société que j'ai du mal à comprendre. Quand j'essaie d'en savoir plus en ville, les Capois me sourient et ils se taisent. Ils ont peur. Les fêtes à l'*Oloffson *continuent mais elles ont un goût amer ce soir. Le cuisinier n'est pas revenu.*

∴

15 juillet 1964, hôtel Oloffson. *Excellente journée. J'ai bien produit, mais qu'est-ce que j'ai sué ! J'ai marché du matin au soir dans le centre. Une partie du matériel sur le dos ! Pieds en compote. J'ai trouvé un tas de sujets intéressants près du port et sur le marché en fer où j'ai déjeuné. Des femmes avec leurs coiffes, des vieux, des enfants. J'ai posé les points de gouache pour travailler plus tard au calme. Je sens que les gens sont flattés qu'un Blanc se mêle à eux pour les voir vivre tout simplement. Ma tête de père Noël doit leur revenir. Hélas ! mon créole est limité... Ce pays est une explosion permanente de couleurs. J'ai beaucoup produit depuis mon arrivée. Je crois que j'ai ce qu'il faut. Dans deux jours, je quitte la ville pour la campagne. Je vais chez le Hollandais volant ! Jacobus « Cobus » De Raeymaeker me reçoit en grande pompe dans son « hacienda » près de la ville de Jérémie. Un de ses copains haïtiens passe me prendre à 5 heures demain matin. Cobus m'a promis de m'emmener voir des combats de coq. L'ambiance à Port-au-Prince est lourde avec leurs histoires de macoutes, je suis heureux de prendre l'air.*

∴

18 juillet 1964, chez Cobus. Le Hollandais me reçoit à nouveau comme un roi. Comme je comprends Cobus ! Ce coin est béni des dieux et sa baraque est tout simplement au poil. Mais c'est le jardin que je préfère. Il y a là des essences d'arbres et des fleurs que je ne connaissais pas. Très tôt le matin, la lumière est parfaite. Hier, j'ai passé des heures à y peindre des variantes d'un magnifique arbre du voyageur. Sa couleur et sa texture changeaient chaque fois que je le quittais des yeux pour aller vers la toile. Un moment, j'ai pleuré comme un con devant tant de beauté. J'aimerais mettre ce frisson dans mon travail et donner tout ça à l'agent de New York en septembre ! Quand Cobus fait sa sieste – pas question de le déranger –, son copain Gratien (qui m'a l'air d'être aussi sa chérie) me fait découvrir des nouveaux endroits dans le coin. Il m'a amené en ville pour y racheter du matériel de peinture, puis on est rentrés de nuit.

Petite engueulade avec Cobus lors du dîner où j'ai pas mal picolé. J'ai fait des sous-entendus sur son boyfriend. *C'était pas méchant mais il l'a un peu mal pris. Il m'a demandé de moins boire le soir. Il m'a dit : « Redescends un peu, Jason.*

Tu es très haut en ce moment. » Il me connaît l'animal. « Moi et mes vieux démons, on partage la même pièce », je lui ai répondu pour m'excuser. On s'est vite réconciliés, Cobus et moi. Je tiens à ce type.

∴

22 juillet 1964, chez Cobus. La politique nous rattrape jusqu'ici ! Avec Gratien, on est allés à un de ces fameux combats de coqs où j'ai pu dessiner. Ambiance incroyable. Ai fait de bons croquis de groupes dans le public. Sur le retour, des macoutes armés de fusils nous ont contrôlés près d'un petit restaurant où on faisait le plein. Comme j'étais le seul Blanc dans le secteur, ils trouvaient ça louche et nous sont tombés dessus, très agressifs. Avec leurs complets-cravates et leurs lunettes de soleil, je les trouvais parfaitement grotesques et cons, mais Gratien m'a supplié de la fermer. Ils m'ont pris pour un Cubain apparemment. J'ai dû parler en anglais et ils nous ont laissés. Je les ai traités de fils de putes sans qu'ils s'en rendent compte. Gratien tremblait sur le volant en rentrant à la maison. Il m'a expliqué que beaucoup de macoutes et de militaires ont été envoyés ces derniers jours dans la province de Grande-Anse. Ils sont à cran. Ils redoutent apparemment une attaque dans la région. Un débarquement de communistes venant de Jamaïque ou de Cuba ? Gaffe !

∴

23 juillet 1964, chez Cobus. Je dors très peu. Inutile. Trop à faire ! Avec cette foutue idée d'une expo à la fin de l'année, mon agent à New York m'a bien secoué mais j'avance. Elle va en avoir, du neuf, de l'authentique avec ce que je ramène ici. Haïti, c'est une claque dans la gueule. Il faut que je restitue ça par le geste ! Je n'ai pas ressenti cela en Afrique. La Rhodésie, c'était tellement différent. Haïti te prend par les tripes. C'est immédiat. Tu ne l'expliques pas. La nature, ce bordel permanent des éléments et des hommes, nom de Dieu ! Tout bouillonne, tout déborde ici et m'inspire un dessin ou de nouvelles compositions. Rarement produit autant de toiles. J'ai besoin de cette intensité pour avancer !

∴

25 juillet 1964, chez Cobus. J'ai appelé le pays hier. Toute la famille va bien à Londres. Ruth ne m'a pas demandé quand j'envisageais de rentrer. Je n'ai pas l'air de trop manquer aux filles non plus. Même la plus petite ne m'a pas demandé si je rentrais bientôt. Elles sont résignées à avoir un père voyageur. Mon art remplit les caisses. C'est l'essentiel. Je verrai les filles quand elles seront en âge de comprendre. C'est comme ça ! AVANCER !

∴

26 juillet 1964, toujours chez Cobus. Cobus déroge à sa sieste ! Le Hollandais nous emmène, Gratien et moi, dans l'arrière-pays demain pour un pique-nique traditionnel avec des familles haïtiennes de Jérémie qu'il connaît bien. Parmi eux, il y a Alceste. Un enseignant qui lui a fait découvrir la province. Ça tombe bien, cette excursion, j'avais besoin de poser un peu le pinceau. Je suis éreinté. Cobus a raison : je suis arrivé chez lui sur les nerfs. On dînait l'autre soir et Cobus m'a dit : « S'il te plaît, arrête-toi, Jason. » Je lui ai demandé de quoi il parlait. Il m'a expliqué gentiment que je riais sans raison depuis un quart d'heure à table. Je ne m'en étais pas rendu compte. « Les rires. Tes bains en pleine nuit, c'est reparti, Jason… » m'a dit Cobus avec bienveillance. Sa franchise m'a fouetté. J'ai compris. La maladie m'a rattrapé, la garce. J'ai décidé de lever le pied sur l'alcool et de me forcer à dormir. Après mon coup de mou du printemps, je sens bien que je brûle trop d'énergie ici. Cobus est un ami. Je vais l'écouter. Il faut faire ralentir la machine ou je vais devoir rentrer chez les tièdes en Angleterre.

∴

1er août 1964, Jérémie. La vie est un paquet d'emmerdes, mais il faut reconnaître qu'elle vous réserve aussi de belles surprises. Lors de cette petite virée à la campagne, dimanche dernier, j'ai rencontré une famille extraordinaire. Cette journée restera pour moi gravée. Le lieu était magnifique. Une clairière à laquelle je ne m'attendais pas au détour de la forêt. Plusieurs grandes familles – des bourgeois mulâtres de Jérémie principalement – étaient dans l'herbe à manger et à boire. Il y avait profusion de plats et de pâtisseries créoles. Des dizaines d'enfants se disputaient les gâteaux et jouaient autour de nous. Ils appellent ces réunions entre métis « les vêpres » du dimanche. Les adultes se sont levés à notre approche. Cobus m'a présenté et l'après-midi s'est écoulé de manière parfaite. Toute l'agitation des derniers jours est retombée, vlan ! au contact de ces gens réunis là. J'ai vraiment sympathisé avec Alceste qui parle parfaitement anglais en plus ! Un chouette type, délicieux, cultivé, qui a un peu étudié en Europe et aime l'histoire de l'art ! On a parlé des heures. Type passionnant. Alceste parle d'Haïti avec ironie et poésie. Il est très curieux de mon rapport à son pays. Sa femme, Gabrielle, était à ses côtés et intervenait souvent dans la conversation. Une mulâtresse magnifique aux yeux clairs et au caractère trempé. Elle reprenait souvent Alceste pour préciser sa pensée et il en riait. Les deux sont tellement complices. Sur le même pied. Leurs enfants venaient de temps en temps discuter avec nous. Les trois fils d'Alceste et la plus jeune, Sybille, qui montait sur mes genoux. Elle se foutait de mes coups de soleil et de ma longue barbe de Blanc. J'étais tellement bien dans cet endroit. Toute cette petite famille rentrait dans l'un de mes tableaux. Jusqu'ici je regardais Haïti avec l'œil de l'artiste. Sans préjugés mais par le haut. En restant ce que je suis : un riche Blanc de passage qui vole des couleurs à ce pays. Dans cette clairière, en parlant avec Alceste et Gabrielle, j'ai compris que le premier visage qu'offre Haïti au voyageur n'est pas le bon. Des millions de cœurs clandestins battent ici en secret. Ils veulent autre chose. Ils l'auront, c'est évident.

∴

3 août 1964, Jérémie. Voilà depuis deux jours que je suis hébergé dans la famille d'Alceste à Jérémie. Sa femme, Gabrielle, a tenu à m'inviter. La maison est confortable. Faut reconnaître que Cobus n'était pas mécontent de me voir quitter un peu la villa. Il tient à son calme. Je passe du temps dans le centre-ville pour peindre une série de magnifiques maisons gingerbread. *Je sens que je redescends ici. Nerveusement, ça va mieux. Le soir, je discute avec Alceste en français en fumant de bons cigares. Il est inquiet. Sa femme est régulièrement embêtée par un macoute. Les affaires vont bien pour cette famille de métis, mais le contexte est dangereux, me dit Alceste. Il y a des envieux. Nous écoutons de la musique et regardons l'heure dorée roussir le ciel. Sa femme, Gabrielle, se joint parfois à nous pour fumer la pipe sous la véranda. Alceste a décidément tout pour devenir mon ami. C'est un philosophe en manches courtes comme je les aime. Bon vivant et profond à la fois. Il est à l'écoute. Il va toujours plus loin dans la conversation. Ne se satisfait jamais d'une généralité. Il m'apprend beaucoup de choses sur ce pays. J'ai fait quelques portraits de la famille. La petite Sybille a le béguin pour moi. Cette gamine est tout simplement incroyable. On papote beaucoup. Elle me pose des centaines de questions sur l'Angleterre, la reine Elizabeth et « comment on fait les gâteaux à étages ». Elle s'intéresse beaucoup à mes pinceaux et à la façon dont je mélange les pigments. Elle me dit qu'elle veut devenir « présidente des États-Unis d'Haïti » pour changer immédiatement les choses pour les petites filles. J'adore cette gosse. Je l'ai surnommée « la dorée » pour les reflets dans ses cheveux.*

[Pages arrachées.]

∴

1er août 1980, à l'hôtel Oloffson.

Ma Sybille, ma dorée, ma fille,

Quand tu tiendras ce carnet dans tes mains, tu seras une grande et belle jeune femme. Peut-être seras-tu déjà maman ? Quoi qu'il en soit, les choses douloureuses que ton Pacha t'écrit maintenant, tu pourras mieux les comprendre. Mais les accepter, jamais. Les mots, c'est pas ma tasse de thé. Ne m'en veux pas. Pour l'amour, tu auras toujours mes toiles, le souvenir de ma barbe à fleurs et de mes vilains pieds. Je tenais ce carnet il y a vingt ans. Je me suis dit que c'était mieux de t'écrire ici. Tu dois savoir.

Le 4 août 1964, quand tu avais cinq ans, il s'est passé quelque chose de tragique. Pour des raisons que l'histoire ne dira sûrement jamais, Papa Doc et sa clique ont décidé de tuer toute ta famille. Ton père, Alceste Sansaricq. Ta mère, Gabrielle. Tes trois frères, Fred, Hubert, Jean-Claude. Ta tante et ses deux enfants. Ils ont tous été tués dans la maison de ta famille à Jérémie. J'ai compris que d'autres familles avaient été massacrées ce jour-là. Il n'y a jamais eu d'enquête ni de procès pour ces crimes abominables. Tout était prescrit avant même que ces assassinats n'aient lieu. Mais des gens à Jérémie savent, Sybille. Des membres de ta famille aux États-Unis savent. Le pasteur Dominique, qui vit aujourd'hui à Montréal, sait. Si tu veux tout connaître, tu dois retrouver ces personnes. Leur faire savoir qu'il reste sur terre une fille d'Alceste et de Gabrielle Sansaricq. Ils te diront tout sur ta famille et tes formidables parents que j'ai trop peu connus. Promets-moi d'être prudente car aucun Haïtien ne sait que tu as survécu à ce massacre. Le soir du drame, quand les macoutes sont venus trouver tes parents, je logeais dans votre maison depuis quelques jours. Ils ignoraient ma présence. Je t'ai sauvé de cette folie pour t'amener chez Cobus. Ensuite, il nous a ramenés à Port-au-Prince où la famille Moko t'a recueillie puis adoptée comme leur propre fille. C'est Al, mon copain américain qui tenait l'hôtel Oloffson *avec sa femme, Suzie, qui a trouvé cette famille de Port-au-Prince grâce à ses relations. Gérard et Solange. Ils n'avaient pas encore d'enfants quand ils t'ont pris avec eux. Sybille, ils ne savent rien de ton passé à Jérémie ! Rien du tout. Pour cacher ta fuite et te protéger des tontons macoutes, Al et moi, nous leur avons fait croire que tu avais perdu tes parents aux Cayes juste après le passage du cyclone Cléo. Impossible pour moi de te ramener en Angleterre. Trop dangereux. Mais Gérard et Solange ont bien pris soin de toi. J'y ai veillé avec Cobus. On a financé ta vie à Port-au-Prince et ces dernières années tes études à l'étranger. Chaque fois que je suis revenu en Haïti pour te voir, j'étais rassuré. Tu étais en sécurité et en famille chez eux. Je t'ai vue grandir et nous avons pu passer du temps ensemble. Ce lien entre nous, c'est l'une des plus belles choses de ma vie.*

Tu te savais adoptée mais voilà toute l'histoire. Ces dernières années, j'ai tant de fois voulu te raconter cela. Je repoussais toujours à plus tard. La peur de te mettre en danger. Cobus m'a aussi convaincu de garder le secret. Il savait de quoi ces fous sont capables. Quelque part en toi, même s'il fallait l'effacer, je sais qu'il y a le souvenir de ta vie d'avant. Ces premières années à Jérémie sont enfouies dans ton cœur mais elles existent. Sache que tout ce que j'ai entrevu de ta famille et de tes parents était magnifique, coloré et joyeux. Il y avait beaucoup d'amour, de la dignité et le plein de volonté. Hélas ! Cobus n'est plus là, mais il t'aurait dit la même chose : tes parents, Alceste et Gabrielle, étaient des gens exceptionnels et beaux. Garde cela comme deux ailes dans ton dos, ma dorée.

Une dernière chose. C'est un conseil. Ne cherche pas à retrouver les macoutes qui ont tué ta famille. Une femme était à leur tête et aujourd'hui, avec les événements, elle doit se cacher quelque part. Elle a dû quitter le pays. Elle est peut-être morte. Je sais que tu t'engages comme une lionne pour aider Haïti. L'injustice te révolte. Mais ce que je te révèle va bouleverser ta vie. J'ai souvent discuté de cela avec

Cobus. Il s'inquiétait à ce sujet, car tu as de toute évidence le caractère de feu de ta mère. Tu es libre de tes choix. Ce passé est le tien et tu dois en faire quelque chose. Je te donne juste ce conseil, ma dorée : VIS TA VIE. Peu importe où cela doit te mener,

ton Pacha.

1971

Pétion-Ville, faubourg de Port-au-Prince.

À l'arrière de leur grand pavillon, Rosalie et son mari, Max, logent une famille entière. Cinq ans plus tôt, Alexis et sa femme, Pétrusse, ont tout perdu lors du passage du cyclone Inez sur leur petit village côtier de Marigot. De leur minuscule amas de tôles en bord de mer, loué une misère, il ne reste rien. Pétrusse a sauvé le trousseau de naissance du petit dernier. Alexis, sa boîte à outils. Le reste a été emporté dans les eaux ou la boue. Au début, l'église locale a pourvu aux besoins du couple. Un peu d'eau claire, quelques repas partagés avec d'autres familles meurtris, une petite place sous un auvent, propriété de la paroisse. Puis le couple a quitté la région pour aller au nord tenter sa chance dans la capitale. Débrouillards, les deux sont parvenus à y survivre tant bien que mal. Alexis multipliait les petits boulots dans la zone du port international tandis que sa femme faisait des petits travaux de couture sous-payés pour des familles aisées de Pétion-Ville. C'est ainsi que Pétrusse a commencé à travailler pour Rosalie. Fiable et discrète, Pétrusse a plu à Rosalie qui cherchait du personnel de maison. Le couple et leurs quatre enfants s'installent chez les Adolphe à la fin de 1967. Ils occupent une case au bout du jardin, adossée à un mur mitoyen. Ils sont à l'étroit, mais c'est mieux que vivre dans l'un des bidonvilles de Port-au-Prince. Pour tout loyer, le couple entretient la maison et veille au confort des Adolphe. Alexis s'occupe principalement du jardin, des courses et des ordures. Pétrusse fait le ménage et prépare les repas. En début de semaine, elle se rend également au domicile de la maman de Rosalie pour changer le linge et lui apporter de petites gamelles de nourriture, de quoi manger plusieurs jours. Chaque premier lundi du mois, Rosalie laisse sur le bahut une enveloppe contenant quatre cents gourdes en petites coupures pour les besoins de la maison. Parfois plus, quand ils organisent des réceptions. À Pétrusse de dépenser au mieux la somme pour économiser un salaire pour sa propre famille. Avec ces faibles revenus, le couple de Marigot ne s'est pas fait une place dans la société de Pétion-Ville, mais sa position auprès des Adolphe le protège de la violence ambiante. Elle lui fait espérer de meilleurs lendemains pour ses enfants. Un simple coup de fil de Monsieur Max permet à son aîné d'accéder à une école habituellement réservée aux familles plus aisées. Au quotidien, Alexis et Pétrusse n'échangent guère avec leurs patrons. Leurs relations se cantonnent à un résumé des tâches de la semaine, à des « oui, madame » et des « c'est entendu ». Ils parlent autant que possible le français plutôt que le créole, ce qui leur réclame toujours un effort. Pas de familiarités. Rien qui ne vienne remettre en cause la séparation sociale entre des Noirs importants et influents comme les Adolphe et des Noirs de peu comme eux.

La situation est donc exceptionnelle ce samedi-là quand, peu après le déjeuner, au moment du café, Max Adolphe invite le couple à parler avec eux dans le salon. Pétrusse termine la vaisselle du midi en attendant l'arrivée d'Alexis. Elle est paniquée. Elle se triture la tête pour deviner la cause du mécontentement de leurs patrons, car elle n'imagine rien de positif de cette invitation « à parler ». Jamais, les Adolphe ne les convoquent de la sorte. Depuis leur arrivée sous ce toit, tout s'est toujours réglé en privé, entre femmes. Entre Pétrusse et Rosalie. Y compris pour cette affaire d'école où le ministre est intervenu en leur faveur. Et, précisément, Pétrusse imagine que son fils a peut-être commis quelques bêtises à l'école dans son dos. Alexis rejoint enfin Pétrusse dans la cuisine, l'air inquiet. Le couple rejoint sans un mot le salon comme on le lui a demandé plus tôt.

— Ah, les voilà ! fait Max sans les inviter à s'asseoir. Tu vas voir ce que je veux dire, ma chère, glisse-t-il à Rosalie qui sirote déjà son café.

— Alexis, mon ami, que penses-tu de notre président ? dit Max Adolphe de but en blanc.

Cela ne se voit pas, mais tout le sang reflue du visage très noir d'Alexis tant la question le désarçonne. Il cherche un instant soutien et secours dans le regard de sa femme, mais la question s'adresse bien à lui, rien qu'à lui. Et il lui appartient de répondre à Monsieur Adolphe.

— Heu... débute Alexis, notre président... notre bien-aimé président est un homme... grand.

— Non, Alexis, coupe aussitôt Max Adolphe en riant. Le père Duvalier fait comme moi partie de la race des petits. François est même un nain, si je prends en compte les plus grands Haïtiens de ce pays. Il porte même, comme moi, des talonnettes. François n'est pas un homme grand. Non, tu ne comprends pas, Alexis. J'ai besoin de toi pour une expérience. Je veux entendre votre avis à vous deux sur le pays ! Toi aussi, Pétrusse ! Vous pouvez me parler franchement ! Même si ce n'est pas gentil pour notre président, tout ça reste ici entre nous, dans notre poulailler ! Comprends-tu ? Allons, Alexis, que penses-tu du président ?

Alexis réfléchit un moment. Il tente de soupeser la sincérité de Monsieur Adolphe. Songeant moins à sa réponse qu'aux conséquences de sa réponse.

— Je ne connais rien à la politique, tente encore Alexis.

— On s'en fiche de la politique, fait Max avec un geste de dédain. Réponds à la question.

— Notre Doc protège ce pays contre les invasions, commence enfin Alexis comme s'il récitait une leçon. Grâce à lui, les Américains ne reviendront pas occuper le pays et mon père dort en paix. Notre Doc est là pour empêcher les chiens de ronger notre indépendance. Il maintient ce pays debout contre l'envahisseur, n'est-ce pas ? La misère est partout… mais grâce à Dieu, nous mangeons. Et pour ce que j'en vois, c'est un bon président pour garder les affaires en ordre et les rues plus tranquilles aussi. Mais… se risque Alexis, je me demande où trouver Papa Doc. Je veux dire : « Où est-il notre président ? » Je crois que je ne l'ai jamais vu avec sa chair et ses os comme tout un chacun. Haïti est un petit pays, c'est donc… que je n'ai pas eu de chance. On me dit pourtant qu'il passait ici à Pétion-Ville, avec la présidente, pour visiter l'orphelinat.

— C'est vrai, intervient Max.

— On m'a raconté qu'il venait avec sa garde pour se mêler le soir aux gens parfois. Je pense l'avoir croisé à Bois-Verna, il y a quelques années. Il était à bord d'une limousine entourée d'autres voitures noires. J'étais loin. On ne voyait pas bien à l'intérieur, il y avait tellement d'hommes en armes autour de ce convoi… mais c'était sûrement le Doc assis à l'arrière. Il portait un chapeau comme sur les affiches. Au moment d'accélérer pour partir, l'homme a envoyé des pleines poignées de billets aux enfants par les fenêtres. Tout le monde criait, se roulait dans la poussière, se battait pour l'argent. Ce devait être le Doc pour faire cela… distribuer aux gosses de la rue.

Alexis fait une pause. Il cherche la façon d'ordonner ses idées pour encore mieux satisfaire Monsieur Adolphe. Pétrusse, elle, se mord les lèvres. Elle connaît le caractère distrait et naïf de son mari. Sa parole déliée qui court souvent comme un lapin saoul, loin devant sa pensée. Elle-même cherche quelque chose à dire pour éviter les ennuis mais décidément cela ne vient pas. Alexis reprend :

— À Pétion-Ville, ni même dans le pays, on n'a pas vu notre Papa Doc depuis bien longtemps. C'est un temps bien long pour le peuple. Ici, les gens parlent. Ils inventent des choses. Certains se posent des questions sur le temps que Papa Doc passe volontairement avec nous sur cette terre. C'est une question, non ? Quand il se réveille le matin dans son palais, est-ce bien notre président ou l'élu des *loas*[1] ? Qui le sait vraiment ? Les gens ici pensent qu'il abandonne sa peau d'homme pour visiter le pays autrement quand cela lui chante. D'autres gens comme vous s'occupent des affaires du pays pendant ce temps, n'est-ce pas ? Il a la faculté de se retirer dans un cheval ou une mangouste, n'importe quel animal sachant marcher ou creuser seul et loin, pour parcourir le pays en secret. Sous cette forme, il prend en compte ses enfants. C'est comme cela qu'il mesure l'hypocrisie parmi les Haïtiens. À hauteur d'animal, monsieur.

1. Esprits vaudous.

Bien enfoncé dans son siège, les jambes élégamment croisées, Max boit son café. Il écoute attentivement Alexis avec la même admiration qu'un scientifique concevrait devant les prouesses d'un animal savant. Il se tourne vers Rosalie en souriant, complice. Comme si, sans avoir lui-même ouvert la bouche, il avait déjà commencé à lui prouver quelque chose.

— Les gens le disent malade, lance Pétrusse.

— Que dis-tu là ? dit Max en levant soudain l'index vers le plafond.

— Les gens… le disent malade, répète doucement Pétrusse, certaine d'avoir commis un faux pas.

— Nous y voilà ! fait Max à Rosalie. Et que savent ces gens de l'état de santé de notre bon président, Pétrusse ?

— Je ne le sais pas. Ce sont des bruits qui courent à Pétion-Ville.

— Des bruits qui viennent de quelque part, Pétrusse.

— Je ne le sais pas. Il y a bien la radio.

— La radio ?

— Oui, chaque midi, après les avis de décès, la radio joue toujours ce vieux morceau…

Max encourage Pétrusse du regard pour lui faire terminer sa phrase.

— « A pali papa. » Il a pâli, papa. Après avoir parlé des morts, c'est drôle, cette chanson. Les femmes sourient avec ça quand elles préparent le repas. Ce n'est jamais dit à la radio pourquoi ils jouent « A pali papa »… mais ici, tout le monde sait à qui penser en l'écoutant, dit Pétrusse avec un sourire pincé.

— Ce sera tout. Merci d'avoir parlé avec nous, referme Max avec cérémonie, nous vous sommes reconnaissants. N'est-ce pas, Rosalie ?

Mais Rosalie ne réagit pas et les deux domestiques,

qui étaient restés debout tout du long, saluent. Ils font demi-tour en direction de leur case au fond du jardin, pour aller se remettre de leurs émotions.

— Voilà, dit doctement Max à Rosalie. Voilà l'image que la rue se fait de François. Le Papa est loin. Il fait toujours barrage, mais ce n'est plus à lui que le peuple confie sa santé et ses soucis. Le Papa ne soigne plus le corps malade d'Haïti. Il ne va plus dans les campagnes avec sa grosse mallette et son stéthoscope soigner le typhus ou la dengue. Il reste au palais, survolé par une myriade d'oiseaux inconnus dont le peuple a raison de se méfier. C'est un vieux hibou qui porte chapeau rond. C'est un *boko*[1] ailé qui surveille ses enfants de son perchoir. Parfois il prend son envol pour les petits superstitieux comme Alexis. Il ranime de temps en temps le feu du vaudou avec un joli discours, car il est talentueux pour cela. Mais Papa Doc est un sorcier malade. Les Haïtiens le savent ou les Haïtiens l'imaginent. Ce qui revient à la même chose.

Depuis l'entame de cette discussion avec son mari, Rosalie s'est tenue en retrait. Laissant volontairement à Max tout l'espace habité du verbe et de ce salon pour théoriser, poétiser et – ce qui le fait jouir par-dessus tout – convaincre son auditoire. Il aime passionnément mordre le grand mille-feuille des mots, et son poste de ministre lui offre souvent ce plaisir en public. La nature profonde de Rosalie est à l'opposé des méandres de la pensée de son mari. Radicale et brute, Rosalie va à l'essentiel sans s'embarrasser des sentiments ambiants, qu'ils lui appartiennent ou non. Elle a appris au fil de leur vieille relation à laisser parler Max. Pour tout apprendre de lui, tout lui prendre.

1. Un sorcier vaudou qui a le pouvoir de lever les morts et d'en faire des zombis.

Derrière son apparent verbiage, le dentiste ne parle jamais au hasard. Il l'aide à saisir les subtilités d'un monde faux dont elle maîtrise mal les codes. Du couple imparfait qu'il forme, Rosalie est l'acier, l'exécutante ; Max, le velours, l'animal politique. L'un des intimes du tout-puissant président d'Haïti, Papa Doc. L'an dernier, le cancer de l'intestin est sorti des eaux, régénéré et triomphant. Plusieurs fois hospitalisé, loin des intrigues du palais présidentiel, Max n'est plus l'un des pivots de ce gouvernement, mais un homme en sursis. Sans pouvoir s'en empêcher, Rosalie en veut à son mari et à cette maladie qui l'oblige à se terrer dans leur maison. L'homme qui lui fait face est devenu inutile au moment où elle en a le plus besoin. Ses bavardages d'intellectuel, ses grandes démonstrations, ce sont le refus de voir l'inéluctable. Leur possible chute.

Rosalie agrippe les montants de son siège des deux mains pour tenter de se maîtriser.

— Ce que je sais, je le vois de mes yeux et je le tiens de mes hommes, répond Rosalie à Max d'une voix grillée comme le café. Je n'ai pas besoin de Pétrusse ou d'Alexis pour savoir ce qui se dit sur les marchés ou se chuchote dans les arrière-cours. La rue, le caniveau et la saleté à l'égout, je les fréquente plus que vous tous, messieurs les cravatés. Vous croyez que la politique se fait ici ? Vous vous trompez. Pétion-Ville n'est pas Haïti. Ni même Port-au-Prince n'est Haïti. Tous ceux qui ont cru cela se sont perdus sur le chemin. Le centre d'Haïti n'existe pas, il faut être con jusqu'aux deux extrémités pour croire cela. Et il n'est certainement pas au milieu de ce foutu palais.

— Rosalie, ma chère, tu as raison. Mais Alexis et Pétrusse ont plus de choses à raconter que tu ne crois. Notre monde à nous deux est totalement faussé. Moi comme ministre. Toi comme chef des tontons macoutes.

Personne ne nous parle jamais vraiment avec le cœur, comme on le ferait avec l'un des siens. Ce que tu sais, tu l'obtiens par l'autorité et moi par la ruse, jamais par la sincérité.

— Si le président pouvait véritablement compter sur son palais, rien de ceci... peste Rosalie. Les secrets seraient bien gardés. Ton ami a-t-il fini par ignorer qui sont les vrais Haïtiens ? Ne voit-il pas ceux qui œuvrent avec lui et ceux qui veulent lui nuire ? En cela oui, peut-être Papa Doc est-il malade. Diriger le pays, c'est voir le danger à sa porte. Jusqu'à quand laissera-t-on faire ? La peste des intellectuels apatrides se repaît de ces rumeurs apportées sur un plateau.

— Par voie diplomatique, précise Max.

— Je me fous de savoir comment voyage la rumeur ! Je conduis les affaires à Fort-Dimanche et avec mes volontaires. Je ramasse la merde des opposants ! Je tiens la maison alors que les ennemis sont partout. N'est-ce pas une raison de me recevoir au palais ?

— Oui, ma chérie. Calme-toi. Assurément. François connaît ton mérite. Ce nouveau cabinet est malveillant. Peut-être que Mama Doc y est aussi pour quelque chose. Simone protège son mari comme une louve. J'en parlerai prochainement avec François. Ne t'inquiète pas trop pour cela. Je...

— Trop de chemin parcouru, rage Rosalie, ignorant les paroles de Max. Qui pour me prendre le fruit de tous ces efforts ? Qui pour me voler ce que j'ai construit ? Ces mulets ? Ces parvenus ? Sur la tête de Lafayette, je jure que...

Mais Rosalie ne finit jamais sa phrase. Elle braque un regard surpris et désespéré sur Max. La vapeur et les larmes lui montent aux yeux. Son corps massif ne pèse plus rien. Le blanc du plafond jette un voile primordial sur la réalité de ce salon. Ce blanc écrase tout. En une fraction de serment, Rosalie est parfaitement nue face à Max. Sa cicatrice bien exposée, à l'air libre. Elle redevient mère et elle pleure. Son mari tente de l'approcher mais elle le rejette violemment, opposant ses deux mains. Elle cherche un appui, une façon de cacher son visage, et disparaît en courant à l'étage.

C'est la première fois qu'elle repronnonce le prénom de son fils disparu, Lafayette.

1986

Région de Port-au-Prince.

En se relayant sur leurs motos, les jumeaux libanais ont localisé la cache des macoutes : un box dans la cour d'une maison modeste en sortie nord de Port-au-Prince. La cargaison est arrivée de nuit. Une Noire d'un certain âge en claquettes et habillée d'un long boubou africain a ouvert les grilles pour laisser pénétrer le convoi. Une fois tout déchargé, les miliciens sont repartis très vite. Ne laissant sur place qu'un groupe de trois hommes armés. La maison est peu protégée, clôturée par une portion de barbelés. Un terrain vague qui s'est mué en dépotoir de quartier borde l'arrière de l'habitation. C'est de là, à bonne distance, que les Libanais observent les lieux quelques heures. Rien ne se passe. Ils décollent avec la conviction qu'il faut fracturer tout ça au plus vite. Une telle quantité de cocaïne entreposée dans un endroit aussi mal gardé, c'est indigne. Une sorte de faute professionnelle. Il faut rétablir l'équilibre. Voilà leur vision. Voilà ce qu'ils disent aux autres.

∴

Moïse s'est absenté à l'intérieur du restaurant d'où l'on entend du mérengué sortir à l'horizontale et en rafales d'une grosse enceinte. Attablé en terrasse, Jacques interpelle le jeune garçon qui assure le service. Il commande du féroce d'avocat, une salade de concombre, de la friture de calamar, quelques acras à la morue, du poisson gros sel du jour, un peu de vin blanc. Le tout pour deux. Le petit serveur s'en retourne vers la cuisine quand le ciel s'obscurcit, son cœur avec. Il a rencontré le bloc de chair et d'os que constitue Moïse. Effrayé, le garçon a un mouvement de recul si net qu'il manque de tomber. Moïse le saisit distraitement par le col et le remet d'aplomb. Le serveur tente de s'excuser, mais aucun mot ne sort de sa bouche. Il bredouille et contourne Moïse telle une souris. Jacques éclate de rire.

— Molosse continue de faire peur, fredonne Jacques, bouh... Moïse, le croque-mitaine.

Moïse ne relève pas et les deux commencent à siffler la bouteille de rhum traditionnellement posée sur la table. Ils se taisent un long moment. Ils observent le flux changeant des voitures et des piétons, à l'écart et à l'ombre, en attendant leurs plats. Puis Moïse raconte à Jacques ce que lui ont dit plus tôt les jumeaux libanais à propos de la pitoyable cache de drogue des *tèt kale*.

— Je suis pas loin de partager l'avis des jumeaux, dit Jacques entre deux bouchées. C'est de l'argent facile. Il ne faudrait pas tarder. Et si on trouve pas le bon moment pour marquer les esprits, on se sera contentés de déclarer la guerre aux singes. Ça ne suffit pas.

— Leur reprendre leur cocaïne fait partie du plan, non ?

— Oui, mais je crois qu'il faut trouver l'occasion de

les liquider tous. Et si – écoute-moi bien – on réglait le problème macoute ?

Moïse acquiesce lentement de la tête, sa fourchette encore en l'air.

— Avec les hommes-bâtons, pas de négociations, continue Jacques. Autant demander à une plume de rester tranquille dans le vent. Je l'ai dit aux Colombiens parce qu'ils pensent qu'on peut les acheter eux aussi. Je leur ai dit : « Non ! Tu n'achètes pas tout. Tu ne discutes pas avec les macoutes. Surtout pas aujourd'hui avec la table qui s'est retournée en Haïti ! » Le seul langage qui soumet le singe, c'est le métal.

— Faut faire vite alors, dit Moïse. L'Oncle Sam lâche les Duvalier. Même la radio le dit. Le *déchoukage*[1] a commencé ! C'est bientôt. Et si la tête de Bébé Doc tombe dans les jardins du palais, celles des macoutes ne tomberont pas loin. Mes petites oreilles me disent que ça siffle déjà fort autour d'eux. Partout, leurs noms circulent. Ils commencent à se terrer, à changer d'endroits pour dormir. Certains se sont déjà fait lyncher. Leurs selles sont molles. Ils perdent le sommeil. Mes petites oreilles me disent cela.

— Moui... c'est pour bientôt, dit Jacques, la bouche encombrée à trier les arêtes de la chair de son poisson. C'est pourquoi je suis revenu. On règle le problème macoute, je dis.

Son parfum la devance de quelques secondes. Jacques reconnaît l'eau de Chypre qui imprègne encore ses propres vêtements. Il se retourne très lentement. Sûr de ses sens. Et c'est elle : Sybille, qui marche vers eux. Elle est différente que lors de leur dernière rencontre. Ces cheveux noués vers le haut, peut-être. Jacques la trouve encore plus

1. Déracinement. Au sens figuré, renversement ou lynchage des tyrans.

belle. Impériale et fragile à la fois. Moïse ouvre des yeux étonnés en voyant la jeune métisse s'inviter naturellement à leur table.

— Je te présente Sybille, dit Jacques en la fixant. Une nouvelle amie à Port-au-Prince qu'il faudra protéger pour moi. Elle a ma confiance, Moïse. Elle a ma confiance, répète-t-il en se retournant vers son ami.

— Bonjour, fait Moïse.

Et il l'invite d'un geste à commander comme eux.

— Non merci. Je vais juste prendre un verre, répond la jeune femme.

Sybille ancre ses yeux dans ceux de Jacques. Elle sourit. Quelque chose s'apaise. Elle l'a retrouvé. Ce manque pressant de lui, ce manque éprouvé dès le réveil, c'est comme un besoin d'eau. Tout pareil. Il y a entre eux des manières de vieux couple. De ceux qui, par une caresse dérobée, une façon singulière de se frôler, font affleurer l'intime autour d'eux sans même y prêter attention. Il est encore très tôt pour le dire, mais ces deux-là s'aiment. C'est évident, se dit Moïse en les regardant. Jamais il n'a vu Jacques dans cet état avec une femme. Une fois encore, l'amitié prend le pas sur toutes les questions légitimes que suscite l'arrivée de cette inconnue. Cette femme est à Jacques. À moins que ce ne soit l'inverse. Ils forment dans tous les cas quelque chose d'important. Et, il l'a bien compris, son ami Jacques va l'imposer dans leur course en avant. Ce que cela changera, Moïse ne le sait pas.

L'après-midi file et le trio est toujours attablé. Quand Moïse annonce aux deux amoureux qu'il s'en va, Jacques tient à l'accompagner jusqu'à la voiture.

— Cette fille n'avait rien à faire dans ma vie. Je le sais mais je prends. Comprends-tu ?

Son ami le saisit fermement par l'épaule et c'est sa

réponse. Les deux parfois se parlent par ces gestes. Mais Jacques n'est pas sot. Il lui dit qu'il n'a pas décidé de louvoyer.

— Ce détour avec elle, ce n'est pas changer le cap que nous nous sommes fixé, dit Jacques. Haïti est sous l'avalanche et, cette fille, elle est au cœur de ce mouvement. Dans son université, elle fabrique de sales coups contre les Duvalier. Elle m'a raconté comment ils prennent la route pour inciter les jeunes à renverser Bébé Doc. La politique fait bouillir son sang. Sybille connaît beaucoup de ceux qui feront Haïti demain. Je sais tout cela par Aristide, le prêtre des Cayes. C'est lui qui me l'a présentée. J'ai l'idée qu'elle nous servira peut-être...

— Je sens une femme forte quand je la vois. Sa beauté est une chose mais oui elle est faite d'un bois particulier. Et puisque tu parles devant elle de nos affaires, je te le dis, Jacques : n'oublie pas que ce qui compte, c'est d'être du bon côté du manche. Si tout s'écroule ici, je crois plus à l'armée qu'à la politique ou un curé pour sauver nos intérêts.

— L'armée, j'en ai fait mon affaire, tu le sais. Les Colombiens paient le prix du silence. Ne néglige pas la politique. Elle n'arrête ni les balles ni la misère, mais elle peut nous rendre invisibles.

— Va la rejoindre, dit Moïse en donnant un coup de menton vers la fille.

Et il tourne les talons.

Dès le début, Jacques ne dissimule pas ses activités de trafiquant à Sybille. Avec elle, il ne veut pas feinter. Et s'il faut la perdre qu'il en soit ainsi dès maintenant. « Une vie de truand. Voilà ma vie et mon avenir sûrement. » C'est à prendre ou à laisser. Et elle prend. Lucide et amoureuse. Bien sûr, Sybille n'a pas à connaître le détail de leurs affaires, mais Jacques parle en confiance. Devant Moïse, il cite des noms. Elle n'est pas celle par qui arrive le danger. C'est alors sa conviction.

Quelques heures après la tombée de la nuit, ils ne sont qu'un. Ils font l'amour dans la maison du cousin de Jacques à Cité-Soleil. Derrière les fenêtres grillagées, à la lueur d'une chandelle déjà entamée, leurs corps parfaits se démarquent, détourés dans l'obscurité. Ils se heurtent, s'imbriquent, se caressent, se réinventent. Ils savourent dans un cri l'hapax de leur rencontre. Elle se love contre lui, finit par poser sa joue contre sa cuisse. Sybille croise le regard de Jacques. Il l'observe avec cet œil de pêcheur prêt à remonter sa ligne, mêlé d'appétit et d'incertitude. Ils refont l'amour. Avides. La réalité est un cercle éloigné. Plus tard, elle dit :

— Je t'ai entendu parler avec Moïse de cet homme, ce macoute, que vous cherchez. Ce Colonel Williams…

— Oui… dit Jacques, curieux.

— Je ne veux pas me mêler de vos affaires…

— C'est déjà fait, sourit Jacques. Dis-moi.

— Cet homme, je le connais. Mon frère Ignace a refait la toiture de l'une de ses maisons. Il vit à Jacmel la moitié de l'année. Il doit être là-bas en ce moment. Sa famille caracole à chaque carnaval. Et c'est bientôt le défilé…

— Hum ! Ce que j'ai dit à Moïse se confirme.

Jacques marque un silence. Une pièce manquante vient de s'imbriquer. Il salive de sa propre violence à venir. Sybille sert brusquement Jacques dans ses bras. Un frisson parcourt son dos et pourtant il fait chaud.

1971

Prison de Fort-Dimanche.

— Ils ont rendez-vous « en ville », dit Barthélémy. Suivez-nous, madame.

Le surveillant en chef de Fort-Dimanche n'attend pas vraiment la réponse de Rosalie pour s'engager dans l'escalier. Il dévale les marches quatre à quatre, précédé d'un autre surveillant. Avec ses chaussures à talons et son tailleur de style militaire, Rosalie peine un peu à les suivre. Mais, arrivés en bas du pavillon, les deux hommes ralentissent et elle finit par les rejoindre alors qu'ils traversent la cour de la prison en direction du bâtiment central. Il est 5 heures du matin, frappées. Au-dessus de la cité de Port-au-Prince, le ciel se vide encore des restes de la nuit en grandes traînées d'huile ocre et bleues. Le soleil ne revendique pas encore ses droits. Des hordes bruyantes d'oiseaux quittent par vagues la lagune pour rejoindre le port, alertés par leurs semblables de l'arrivée des pêcheurs et du festin à venir. L'air est délicieusement frais. Après plusieurs jours d'une chaleur infinie, la journée s'annonce clémente. Fort-Dimanche et sa population somnolent.

Pourquoi alors cette agitation ? Pourquoi cette course effrénée au petit matin dans la cour ? Barthélémy se poste le premier devant l'une des principales entrées du bâtiment des détenus. Il égrène son trousseau à toute vitesse, saisit l'une des clés cuivrées. La porte en fer s'ouvre sans grincer. L'autre surveillant fait aussitôt pénétrer Rosalie dans l'édifice mais pour l'accompagner juste à côté de l'entrée, dans la pièce à vivre des gardiens. Un rectangle de quatre mètres carrés pourvu de fenêtres, d'une table et de chaises en bois où Rosalie ne prend pas place.

Dans le couloir, Barthélémy et d'autres surveillants armés de bâtons réveillent déjà les occupants des premières cellules en tapant les portes avec leurs bâtons de service. Rosalie entend Barthélémy crier : « *Kanpé ! Kanpé ! Dyab la ! Dyab la !* » et des portes s'ouvrent. Les endoloris, les ankylosés, les souffrants, les agonisants, les pasteurs, les *hougans*, les militants, les macoutes bannis, les anciens professeurs, les communistes, les détenus *par-hasard*, tous ces gens emprisonnés là contre le gré de l'humanité se réveillent dans le bruit pour vivre un jour de plus à Fort-Dimanche. Barthélémy crie : « Huit ! » Et les détenus se mettent alors en branle pour aller jusqu'aux latrines, « en ville » comme on dit dans la prison. Le premier à sortir est Fritz Marcor, dit Melkior. De corvée ce jour-là, il porte le *dyab*, le seau rempli à ras bord de toute la merde et de la pisse produites quotidiennement par la cellule. Dans la demi-pénombre du couloir, les autres détenus suivent le seau, les uns derrière les autres, sous l'œil des surveillants. À leur passage, Barthélémy incline la tête vers Melkior et glisse discrètement un bout de papier plié dans sa main libre. Melkior hoche la tête et Barthélémy sourit, satisfait. Le cortège de la cellule n° 8 continue son chemin et entre dans la longue pièce rectangulaire des douches. Au loin,

Barthélémy crie : « Neuf ! » Melkior vide son seau d'immondices dans l'un des orifices au sol tandis qu'en face les autres entament la toilette sous un filet d'eau dérisoire. La puanteur des excréments sous leurs pieds reflue entre les lattes du parquet, ventilée par le vent du large, mais les hommes n'y prêtent plus attention. Le temps est compté. Les gars de la prochaine cellule seront bientôt là et ils devront laisser la place. Étrangement, les surveillants ne sont pas entrés avec les détenus dans la salle des latrines. D'ordinaire, eux aussi viennent « en ville » contrôler du coin de l'œil l'activité dans la pièce, cigarette aux lèvres, du coton imbibé d'alcool dans les narines pour se préserver de l'odeur. Mais pas de trace d'eux ce matin. La colonne des détenus de la cellule n° 9 arrive et tout se déroule très vite. Aussitôt entré, l'un d'eux, Hubert, se dirige vers le fond à la rencontre de Melkior. Ils échangent quelques mots couverts par le brouhaha ambiant et les premières disputes entre ceux qui veulent accéder aux douches et ceux qui veulent encore en profiter. Hubert se retourne plusieurs fois en direction de la porte pour vérifier s'ils sont surveillés, mais les gardiens sont occupés ailleurs. Hubert prend le bout de papier tendu par Melkior et le cache aussitôt dans un revers de son pantalon. Les deux hommes se séparent. Quelques minutes plus tard, un surveillant vient taper son bâton sur le parquet, le signal pour les gens de la cellule n° 8 de se retirer. Hubert comprend la nature du terrible piège qui s'est refermé sur lui au moment de regagner sa cellule. Dans le couloir, Barthélémy et Rosalie vont droit sur lui en criant son nom. Le surveillant en chef l'empoigne et le secoue comme s'il était une plante à arracher du sol. Le morceau de papier tombe à terre et Rosalie le ramasse. Elle le déplie, fait semblant de l'inspecter un moment et lance en s'adressant autant aux surveillants qu'aux détenus encore à proximité :

— Vous êtes tous témoins ! Emmenez-moi ça au bastion ! Je veux tirer cela au clair sur-le-champ avec « M. le député » !

Quand Rosalie termine la lecture à haute voix de la lettre transportée par Hubert, elle repose sa loupe sur son bureau et renfourche ses lunettes. Elle dévisage pendant un long moment le détenu en guenilles assis face à elle. Se taisant volontairement pour achever de le miner. Sur sa face ovale, elle cherche la surprise, l'accablement, la forme aboutie du désespoir. Mais rien de cela. Un court instant, Rosalie croit même apercevoir un début d'ironie à l'intersection de ses yeux et de son front.

— Mon Dieu… cette lettre. Qu'as-tu à répondre ? Ce pays ne t'a-t-il pas tout donné, Hubert, et tu agis ainsi ? Tu vois, Barthélémy, fait Rosalie en s'adressant au-dessus de son épaule au surveillant, cet homme est pour moi comme un veau dégénéré. L'animal est élevé sous la maman. Il prend le lait. Il grandit, s'éduque. Elle le protège de l'adversité. Mais que fait-il ? Est-il reconnaissant ? Rend-il cela à sa mère, au troupeau ? Non ! Il éventre sa maman d'un coup de corne ! Et pourquoi, Barthélémy ? continue Rosalie sans même regarder Hubert. Par méchanceté ? Par vice ? Tout ça serait trop simple. Il frappe les siens et trahit sa propre famille parce qu'il pense que cela va le rendre important devant l'histoire. Mais Hubert (et Rosalie le remet en joue du regard), l'histoire va te juger ici et maintenant pour cette trahison. Intelligence avec l'ennemi ! Tu peux être pendu ici même et ce soir, tu le sais ?

Derrière Rosalie, il est bientôt 9 heures du matin sur

l'horloge fixée au mur. Mais, en réalité, il est minuit moins la minute pour Hubert. Le chabin s'apprête à bondir dans un néant augmenté. La lettre lue par Rosalie est évidemment un faux grossier rédigé par les services de renseignement qui imite vaguement son écriture à partir des courriers saisis l'an dernier lors de son interpellation. Hubert n'a évidemment jamais projeté de faire de la petite ville d'Anse-Rouge la tête de pont de la révolution cubaine en Haïti. Il n'a pas levé les fonds pour financer l'achat de véhicules et louer un entrepôt. Où diable aurait-il trouvé cet argent ? Il n'a pas non plus recruté des candidats à l'exil au sein de son parti, ni diffamé François Duvalier avant la tenue de son référendum. Du moins pas publiquement. Hubert a juste pris le papier de la main de Melkior. Cela seul compte désormais. Sa famille, l'idée de refaire sa vie avec eux ailleurs, de leur parler, de seulement les étreindre une dernière fois, tout ce qui a permis de le porter à Fort-Dimanche est siphonné. Déjà loin. Plus rien ne l'anime. Il est la pierre, indifférente et inerte, sur le bord de la route. Replié sur sa chaise, le député se met à marmonner. Ni Rosalie ni les surveillants ne parviennent à l'entendre. Tous tendent l'oreille, mais Hubert parle décidément trop bas.

— Que dit-il ? fait Rosalie en s'adressant à Barthélémy. Que dis-tu, Hubert ?! Je t'écoute !

Mais la voix d'Hubert est faite de bruyères et de matins calmes. Elle se refuse aux oreilles de Rosalie et continue pourtant de vibrer. À elle seule, cette voix figure l'existence.

— « Si je ne reviens pas
N'interromps point le repas
Que pour dire dans un soupir
Ma mort consacre la victoire
D'un fou dans l'histoire », chuchote Hubert

— Je n'entends pas. Emmenez-le, dit Rosalie.

∴

La victoire de Rosalie sur Hubert lui laisse un goût amer qui se prolonge dans le plat froid porté par la gouvernante. Son piège a fonctionné et elle sait que le président appréciera sûrement l'élimination d'un agitateur de plus. Mais Rosalie espérait autre chose. Sans qu'elle le laisse paraître, la réaction d'Hubert l'a profondément déstabilisée. Au bord du précipice, elle l'imaginait suppliant, réfutant ces accusations ou livrant à genoux quelque information utile au régime. Mais l'opposant ne s'est pas opposé. Il a décliné le rendez-vous. Il a généré l'énigme. Son repas terminé, Rosalie regagne son bureau. L'affaire Hubert l'a fait se lever aux aurores. Elle ressent le besoin immédiat de se reposer. Rosalie ne rend pas compte de son emploi du temps. Rien ne l'oblige à rester à Fort-Dimanche. Elle hésite à rentrer faire une sieste chez elle. Quinze kilomètres séparent la prison de bord de mer, au nord de Port-au-Prince, de son pavillon de Pétion-Ville. Le trafic est terrible à cette heure de la journée. Rosalie renonce à l'idée et s'allonge sur la méridienne coincée dans un angle de son bureau. Le sommeil ne vient pas. Tandis qu'elle fixe le plafond, Rosalie repense un peu au visage d'Hubert et à son attitude étrange au moment de la lecture de la lettre. Sans atermoiement, sans pitié, sans regret aucun, Rosalie se remémore simplement Hubert à ce moment-là. Elle se demande si elle le recroisera avant son transfèrement à la caserne Dessalines où il va connaître son dernier interrogatoire. Rosalie détaille les imperfections du plafond tout en laissant son esprit divaguer. À intervalles, les carreaux branlants des portes-fenêtres vibrent comme un tambour militaire pour retomber d'un coup. Et ce son ne dérange pas Rosalie. Il lui est devenu familier. Sur cette étendue plate et marécageuse, arasée par l'homme de ses rares cocotiers, seul le fort s'oppose ici à la poussée du vent marin. Les rayons du soleil de midi inondent avec bienveillance la baie de Port-au-Prince. On se croirait dans un pays en paix. Rosalie a les yeux mi-clos. Elle sombre dans le sommeil quand elle les voit pour la première fois. Cela a été très rapide. Il lui a fallu le temps d'écarquiller les yeux, de s'appuyer sur un coude pour pivoter de la tête et des épaules vers les fenêtres, mais Rosalie est sûre d'elle : elle a aperçu deux enfants habillés de gris traverser la terrasse en courant. D'ailleurs, ces petits bruits aigus ? N'est-ce pas eux qui ricanent ? Une seconde a suffi pour chasser la fatigue. Rosalie se précipite pieds nus à l'extérieur, son tailleur encore relevé sur les cuisses, le chignon défait, les cheveux en bataille, prête à les attraper. Mais à mesure qu'elle progresse sur la gauche, elle découvre stupéfaite que les enfants n'y sont pas. Rosalie émet juste un oh ! et s'arrête un instant pour comprendre. La terrasse est tout en haut du bâtiment et forme un U. Le seul accès, Rosalie vient de l'emprunter à l'instant. Les enfants s'ils ont changé de cap seraient inévitablement repassés devant elle. Elle ausculte tout de même les lieux. Elle regarde – c'est absurde – sous une chaise posée en plein soleil. Mais à moitié endormie, peut-être Rosalie s'était-elle trompée sur la direction prise par les enfants ? Elle revient à grands pas vers son point de départ pour rejoindre l'aile opposée de la terrasse. De ce côté-là non plus, aucune trace des deux petits intrus. Instinctivement, Rosalie va se pencher par-dessus les remparts. Elle se retient un moment, le souffle coupé. Figée. L'idée que les enfants, paniqués, aient sauté dans le vide va à contre-courant de sa raison mais lui traverse l'esprit.

Elle se reprend et penche brusquement la tête par-dessus la bordure de pierre. Rosalie se remet à respirer. Au pied du pavillon, il n'y a aucun corps d'enfant. Elle balaie alors du regard l'espace sec et nu de l'enceinte de la prison. Le soleil est à la verticale. Sur le parvis, aucun signe de vie. Et pourtant Rosalie n'a aucun doute : elle a vu deux enfants noirs courir sur sa terrasse avec de drôles d'uniformes. Elle rajuste ses cheveux et retourne vers le bureau se mettre à la recherche de Barthélémy. Il faut tirer cela au clair. Retrouver ces voyous. Donner des instructions. Agir. Des enfants n'ont rien à faire à Fort-la-Mort !

1986

C'est dans la commune de Léogâne que Sybille et Jacques ont jeté les bases de leur amour. L'étudiante se sert souvent du paravent religieux pour dissimuler ses réunions clandestines. Les amis qui l'accueillent sont discrets, efficaces, besogneux. Ils tutoient la jeunesse défavorisée genou à terre. Ils vomissent la misère entretenue et les puissants. Ils sont têtus. Ils ne sont pas parfaits. Ce sont les curés salésiens de Don Bosco.

Pour entrer dans la grande salle communautaire, les invités passent par l'allée d'une maison située à l'arrière. Un étudiant les guide. Il fait aussi le guet. À l'intérieur, des étudiants, des syndicalistes ouvriers, un ingénieur agronome, des *braceros*, un lamaneur du port, un directeur d'école, des curés et même un boulanger. Jacques est là. Il accompagne Jean-Bertrand Aristide, un jeune prêtre salésien de Cité-Soleil que le bidonville a baptisé « Titid ». Le curé a vu grandir Jacques. Il a aidé à son retour discret au pays. Leurs liens sont un mystère.

Les salésiens ont porté les jus, le pain, les beignets aux figues, les sablés aux bananes, quelques mangues greffées. La table est superbe. On l'a même décorée de quelques fleurs. Un peu d'alcool encourage la parole. Jacques n'est pas dans son élément. Il manque cruellement de sommeil mais le curé Aristide a insisté pour qu'il vienne. Jacques prend un peu de nourriture et se retranche dans un coin où il s'assoit. Il se met à manger quand un voile noir tombe brusquement sur ses yeux. Son cœur bat la chamade comme s'il voulait s'échapper de sa poitrine. Son corps ne répond plus. Jacques cherche le curé du regard, quelqu'un, n'importe qui pour le retenir avec eux mais tout se brouille. Sa réalité est comme un bout de viande mâchée par des barbelés, recraché dans le désordre. Il se sent disparaître dans un siphon.

Quand il reprend conscience, du temps a passé et tout tourne encore autour de lui. Dans la salle, les gens continuent de bouger et de vivre et personne ne lui prête attention. Et alors qu'il se croit sorti d'affaire, la crise d'angoisse – car c'est cela – reprend, plus forte que la première fois. La fille arrive vers lui, un long verre à la main.

— Pour vous, fait-elle en lui tendant une boisson rouge orangé. Vous allez bien ?

Jacques fixe ses yeux en amande. La voix de cette femme, le seul contact du verre dans sa main l'ont aidé à reprendre le contrôle. La douleur dans sa poitrine se calme lentement.

— Merci, finit-il par répondre et il porte machinalement le verre à sa bouche. C'est quoi ?

— Ha… cela ? Des fruits. Goyave, ananas, maracuja, angustura et rhum blanc au tiers, bien touillés. (Elle s'assoit à côté de lui comme si elle était invitée.) Le tout, reprend-elle, mélangé au produit de mes dernières règles, monsieur. Pour vous amener un jour ou l'autre dans ma couche, dit-elle en souriant malicieusement.

C'est seulement à cet instant qu'il prend la dimension

de cette rencontre. Depuis son retour à Port-au-Prince, il ne l'avait jamais vue, cette liane. Sybille. Jamais croisé sa silhouette interminable au détour d'une rue de Port-au-Prince ou ailleurs. Magnifique Sybille, fine poupée créole aux cheveux presque roux sur une peau caramel. Un corps qu'il devine sous sa robe bleue et dont la ligne parfaite s'est affranchie des lois de la gravité. Son humour mystérieux et sa beauté finissent de l'éveiller, l'envoûter.

∴

Jacques a treize ans quand il quitte Haïti avec ses parents, son frère et sa sœur, sur un bateau de fortune. Jusqu'au dernier moment, leur père et leur mère ont caché ce projet. Par peur de voir d'autres membres de la famille réclamer leur place sans en avoir les moyens. Aux enfants, ils parlent d'un départ précipité dans le Nord pour se réfugier chez la tante Henriette. Tout l'argent du couple a été donné en deux fois à un passeur rencontré à Cap-Haïtien et recommandé par un cousin. La petite maison et le terrain ont été gagés. Il ne reste presque rien, sept mille gourdes au plus. On prend la route un jeudi, au tout petit matin. Pas d'adieux. Pas de place pour le superflu. Dans la voiture qui les mène au bateau, ses parents n'ont jeté que trois valises en cuir, un ballot contenant de la viande séchée et, parce qu'elle a menacé de se couper les veines si on ne l'emmenait pas, une toute petite cage de rotin pour transporter le canari de sa sœur Mirella. La veille du départ, sa mère a trouvé le temps de nouer de minuscules crucifix en argent au revers du pantalon des enfants. Par la lunette arrière de la voiture, Jacques se souvient de regarder une dernière fois la maison. Il pense à Moïse, l'ami de toujours, à leur projet de monter un bar clandestin à l'arrière de la manufacture, à la fille Lérolin qu'il aurait bien embrassée et pelotée si on lui avait donné le temps, au petit couteau oublié sous le montant de son lit, au tournoi de foot qui se jouera sans lui, à tout ce quartier qui s'éloigne et à tout ce qui lui manquera. Il pense partir quelques mois. Il reviendra onze ans plus tard. La famille parvient à atteindre par étapes les côtes américaines sans être renvoyée en Haïti. Au sud de Miami, dit-on, dans le quartier Citron, il y a du travail et les logements sont gratuits. Tout est faux mais au moins ici on parle le créole. Tous les matins, son père court attraper un train qui l'avale et le recrache le soir exténué. L'argent sert surtout à rembourser. Les petits Noirs sont haïtiens, bahaméens ou cubains par ici. Toutes les rues sont perpendiculaires mais on y tourne en rond. Petit à petit, le grand frère Zacharie prend la main sur Jacques. Il veut le façonner à son image. Il l'initie à la rue et à l'art des conneries. Jacques intègre son petit gang, les Z-Kay. Ensemble, ils règnent sur un pâté de maisons éventrées par les squatteurs. Jacques n'a pas quinze ans qu'il sait comment conserver en lieu sûr et vendre les petites quantités de marijuana qu'on lui confie. Il n'a pas quinze ans qu'il sait déjà se battre à mains nues, mordre et porte un couteau à cran d'arrêt en permanence dans sa poche. Tous les flics du district d'Hialeah connaissent les deux frères. Il a atteint ses seize ans quand il tire pour la première fois sur un concurrent de son frère, croyant éloigner les problèmes. Un mois plus tard, la cour juvénile de Miami est débordée et c'est une jeune juge de la cour criminelle qui l'envoie dans une prison pour adultes loin de Lemon City. Il y passe près d'un an et de cela Jacques ne parlera plus.

À Miami, Jacques traîne sur les plages fréquentées par la bourgeoisie blanche et les touristes. Durant des mois, on voit aller et venir ce jeune Noir au visage singulier devant les hôtels, les grands restaurants, là où les gens riches s'affichent. Jacques sourit, drague, baratine alors qu'il ne connaît rien à leur monde. Son humour et sa beauté lui ouvrent des portes inattendues. Autour de lui, l'argent coule à flots, et c'est rarement le sien. En quelques années, Jacques mesure l'étendue de son pouvoir sur les femmes et les hommes de cette partie du monde mais il veut beaucoup plus. Il sympathise avec un gigolo cubain. Les soirées arrosées lancent un pont plus solide entre eux. « Ton pays, c'est l'Eldorado de la came ! » lui dit un jour son nouvel ami. Sa fabrication, sa provenance, ses intermédiaires, son rendement, ses perspectives, le gars a un pied dans la mafia. Peu à peu, il lui dit tout sur l'économie de la cocaïne. « À New York, c'est la folie... Toutes les boîtes de nuit en demandent ! Ça va rouler sur les États-Unis comme un train ! Riches, pauvres... même en famille ils consommeront cette merde pour oublier leurs ennuis. Tout le monde, je te le promets. » Une petite flamme s'allume dans un coin de la tête de Jacques et elle ne tarde pas à devenir un feu de joie puis un putain de phare aveuglant. Il veut faire céder le plafond de l'argent. Les déboires, la misère, la rue et la prison l'ont formé. La morale, il la laisse aux gens qui en ont les moyens. Il extirpe son grand frère empêtré dans les luttes entre gangs haïtiens et bahaméens. Zacharie sera son correspondant permanent sur la côte de Floride pour lancer son affaire. Jacques retourne en Haïti. Il va faire fortune dans la drogue. Il deviendra corsaire dans son propre pays.

1971

Pétion-Ville.

Les derniers rangs de l'église sont surtout composés de femmes âgées. Beaucoup ont à leurs pieds leurs paniers ou leurs cabas remplis de provisions. Certaines grignotent. Le samedi matin est jour de marché. La famille de Rosalie occupe les premiers rangs pour la messe au défunt. Ils portent beau. Toutes les femmes, dont Rosalie, ont sorti leurs plus beaux chapeaux. Les hommes sont cintrés dans leurs habits. Les bancs sont inconfortables, mais tous les membres de la famille se tiennent droits comme l'on doit se tenir en société et devant Dieu. Sur l'arbre étrange et éclaté de la bourgeoisie noire haïtienne, la famille de Rosalie est un rameau jeune et fourni dont la pousse en a surpris plus d'un.

À droite de Rosalie et de Max, il y a ses deux grandes sœurs jumelles, Fortunée et Ophélie, accompagnées de leurs maris et de leurs enfants déjà grands. Son frère, Basile-Antonin, qui est venu avec sa femme mais sans les enfants. Marthe, l'unique tante paternelle encore de ce monde, son mari, leurs trois fils et leurs enfants. Viennent après une flopée de neveux et de nièces, de cousins et de cousines plus ou moins proches du défunt. Il y a enfin Naturale. La vieille maman de Rosalie. La veuve de Blaise. Petite poupée âgée et démantibulée que l'on a stationnée dans l'allée centrale parce qu'elle ne peut pas quitter sa chaise roulante. Partout dans l'église, les femmes s'éventent avec des petits mouvements de libellules. Les hommes, non. Certainement parce que ce n'est pas assez viril ou que cette occupation est déjà, et depuis trop longtemps, dévolue aux femmes. Et, dans leurs costumes noirs d'où dépassent volontairement leurs montres de prix, les hommes s'épongent le front avec leurs mouchoirs blancs. L'office, interminable, touche à sa fin. Les parents ont depuis longtemps renoncé à discipliner les enfants. Ils remuent, pouffent de rire, entrent et sortent en courant par les deux grandes portes latérales de l'église maintenues ouvertes à cause de la chaleur. Les mains posées à l'équilibre sur son missel, le curé tend le menton vers le plafond et les premières notes du *sanctus* résonnent dans l'église. Les fidèles reprennent timidement la prière en chantant : « Saint est le seigneur. Le dieu de l'univers. Hosanna au plus haut des cieux. Le ciel et la terre sont remplis de ta gloire. Hosanna au plus haut des cieux… » L'organiste joue faux. Cela s'entend et contrarie beaucoup la belle Ophélie, la sœur de Rosalie. Des quatre enfants, c'est elle qui a insisté pour célébrer tous les ans cette messe en mémoire de leur père, Blaise, le puissant cimentier. Ophélie s'acharne à faire de ce moment une tradition dans la famille.

« Ce serait bien que tu viennes cette fois-ci », lui a dit quelques jours plus tôt sa sœur Ophélie sur le pas de la porte de leur mère. Rosalie s'est vexée. Sa sœur lui en veut toujours d'avoir loupé la messe l'an dernier. Ce jour-là, Rosalie « épouillait » un jeune élu avec les *tèt kale* loin dans la campagne. Elle agissait dans l'urgence sous les ordres de la présidence. Dans le jargon des macoutes, épouiller, c'est remettre une personne dans le droit chemin. Lui retirer tous les parasites, les mauvaises idées de la tête sans pour autant lui retirer la vie. Avec les *tèt kale*, Rosalie rendait à cette époque toute une série de services au pouvoir, dont le principal consistait à rappeler à l'ordre les propres soutiens de François Duvalier hostiles à la nouvelle Constitution. Les opposants à museler ou à corriger, ils n'en restaient plus beaucoup. Sous une forme ou une autre, selon leur propre choix en réalité, ils avaient définitivement quitté ce pays. La sœur de Rosalie déteste François Duvalier et elle n'a pas ces considérations politiques à l'esprit. Pour elle, seules comptent la religion du Christ et l'Église de Rome. Elle considère le culte des Duvalier comme quelque chose d'impur et d'impie. Une diversion. Seul Jésus l'aveugle. Et quand Papa Doc a imposé aux écoliers une « prière » à sa gloire dans les écoles, Ophélie s'est mise à haïr ce régime par toutes ses fibres chrétiennes. Consciente du rôle important de sa sœur dans ce qu'elle voit comme la dernière grande folie païenne des Caraïbes, Ophélie tente chaque fois de ramener Rosalie vers la foi. Sa conviction profonde est que l'amour du Christ peut l'aider à sortir de ce grand réservoir du péché. Jésus peut la mettre au sec et, pourquoi pas, l'absoudre. La belle Ophélie reste avant tout une bourgeoise, solidement arrimée à la situation confortable de son mari. Elle déteste Duvalier mais ne cherche pas à savoir pour autant le pourquoi ou le comment de tout ce sang versé, le nom exact des disparus et tous les empêchements de la liberté. Ophélie sait qu'en Haïti, bien plus que les réponses, les questions portent tous les dangers.

Rosalie observe Ophélie. Elle est comblée. Ses deux

sœurs et son frère sont là pour la messe du père. La famille est réunie. Une fois l'office terminé, Ophélie va s'entretenir avec le curé tandis que tous les autres sont pressés de sortir de cet endroit, tant la maison de Dieu est ce jour-là une fournaise. Aidée de son frère et d'un neveu, Rosalie installe sa mère dans sa voiture. La troupe – ils sont plus d'une trentaine – gagne en voiture la petite maison de la vieille sur les hauteurs de Pétion-Ville où Pétrusse, la domestique de Rosalie, a préparé un grand buffet froid, avec des jus et de l'alcool en conséquence. Arrivées là-bas, les sœurs s'entendent pour placer la vieille à l'intérieur de la maison, au frais dans son petit salon. C'est Rosalie qui l'accompagne. Elle pousse son fauteuil roulant près d'une fenêtre de sorte que sa mère peut apercevoir toute sa famille déjeuner en contrebas dans le jardin. Rosalie quitte sa mère en murmurant « à tout à l'heure ». Elle rejoint ensuite Max et les autres. Une fois dehors, elle regarde par sécurité la fenêtre du salon. À travers les rideaux, on devine la silhouette de sa mère. Elle paraît scruter les gens mais, en réalité, elle dort. Comme tout à l'heure durant la messe à la mémoire de son mari. Par instants, son visage cireux apparaît quand le vent déporte d'un coup les grands rideaux de voile blanche. Puis Naturale s'évanouit quand les rideaux retombent.

Dans le jardin, Max dit à la cantonade :

— Allez ! Allez ! Mangez-moi tout ça ! Le griot est excellent, mesdames, allez !

Un petit groupe d'hommes rit bruyamment. Des femmes se sont assises sur les marches du perron pour palabrer tout en mangeant. Des enfants sont alignés contre un mur et jouent aux militaires. L'un d'eux utilise un sifflet pour les commander. Rosalie regarde à nouveau vers la fenêtre du salon, la silhouette de maman continue d'onduler au gré du mouvement ample des rideaux. Assise à ses côtés, la bonne Pétrusse l'a rejointe dans le salon pour lui tenir compagnie. Rosalie retrouve Max et son frère à l'autre bout du jardin. Max est jovial et parle à tout le monde. Il est dans une forme éclatante, loin de l'intense fatigue des derniers jours. Tout en marchant, Rosalie repense à son prochain entretien avec François Duvalier. Max a arrangé les choses. Le rendez-vous doit avoir lieu au palais dans quelques jours. Cette fois, pas de malentendu. Papa Doc est personnellement avisé. Rosalie doit le rencontrer sans les intermédiaires du cabinet, tous ces faux gradés de l'armée. Le temps s'est dangereusement accéléré pour Haïti et Rosalie a sa part. Elle se sent investie. Elle va obtenir par décret les nouveaux moyens de préserver l'ordre sur tout le territoire. Recruter et former davantage de tontons macoutes et de fillettes *lalo*[1] parmi la jeunesse désœuvrée de Port-au-Prince. Papa Doc sait que les *sans-maman* doivent jouer un rôle décisif pour défendre l'héritage noir. Rosalie rejoint Max. Il est en train de demander à son beau-frère Basile-Antonin pourquoi Haïti ne produit pas de grands athlètes. Max sait évidemment que l'élite sportive haïtienne a fait partie des premières à quitter le pays. Bien qu'il connaisse toujours les réponses, les questions de Max semblent toujours sincères, presque naïves. C'est sa façon à lui de bercer son auditoire pour mieux lui imposer ses vues. Basile-Antonin réfléchit un moment. Max s'exclame :

— Et surtout ne me réponds pas le football ! Tous les enfants jouent au football. Mais ça ne fait pas du football le sport national ! Tout pays digne de ce nom se doit d'avoir un sport populaire. Le Brésil, Cuba ont le leur,

1. Miliciennes dont le nom est tiré de la figure d'une ogresse.

pourquoi pas nous ? Le prestige national passe par le sport ! conclut Max après une longue pause.

Et il se met à tousser un peu. Dans la fièvre de son monologue, il donne l'impression d'avoir avalé son punch de travers. Basile-Antonin opine de la tête. Max reprend son souffle et finit son verre en souriant. Quelques secondes passent et Basile-Antonin va enfin donner son avis quand Max se remet à tousser. Un peu puis de plus en plus fort. Et, petit à petit, la quinte de toux se mue en bruits rauques qui font tourner quelques têtes. Basile-Antonin le tapote gentiment dans le dos. Max lui fait signe que tout va bien. Et alors que Rosalie va, elle aussi, l'assister, Max se redresse. Il a repris son souffle et le plein contrôle de son corps. Il s'essuie simplement la bouche de son mouchoir. Rosalie prend Max par le bras.

— Tu as besoin de te coucher ?

— Non, fait Max, agacé, en rejetant son aide. Laissez-moi. Vous voyez bien que je parle de choses importantes.

Rosalie soupire en tournant les talons. Elle ne supporte pas quand il la vouvoie lors de leurs disputes. Elle prend congé de Max et s'avance vers le buffet pour y goûter le gâteau à l'ananas de Pétrusse qui baigne dans son sirop. Elle revoit passer le petit garçon au sifflet. Excité, il court après une grappe de fillettes en soufflant très fort dans son jouet en métal. Le petit Noir n'a pas de chaussures. Sur son torse nu, il porte une sorte de veste militaire de l'ancien temps, bleu roi avec une double rangée de boutons dorés par-devant et qui finit par une longue queue-de-pie au bas du dos. Sur son crâne, un large chapeau avec une plume d'autruche. La tenue est exactement taillée pour ses petites épaules d'enfant. Rosalie pense connaître tout le monde ici, adultes ou enfants. Mais ce garçon dont le visage est à moitié caché par son chapeau, elle ne le reconnaît pas. C'est le seul enfant déguisé de la bande. Rosalie intercepte Fortunée qui va vers la maison, un plat à la main.

— Qui est le petit, là ? fait Rosalie en pointant le doigt.

— Le petit ? Lequel ?

— Le garçon, là. Il joue avec…

Mais Rosalie a perdu l'enfant de vue.

— Oui, ils jouent tous ensemble, dit Fortunée, pressée de se débarrasser de ce plat qu'elle a entre les mains.

— Fortunée, s'énerve Rosalie, l'enfant déguisé, qui est-ce ?

— Mais quel enfant déguisé, Rosalie ? Il n'y en a pas. C'est la messe pour papa. De quoi parles-tu ?

— Mais cet enfant qui siffle enfin ?! Tu ne l'entends pas ?!

Rosalie tourne sur elle-même, à sa recherche, en ne lâchant pas le bras de Fortunée. Elle cherche le petit du regard derrière tous ces gens. Elle s'aide du bruit du sifflet.

— Mais quel sifflet ?

— Là ! s'exclame Rosalie. Le voilà ! Lui, c'est le fils de qui ?

Rosalie pointe nerveusement du doigt le petit Noir qui remonte l'allée en suivant la queue leu leu formée par les autres enfants. Débraillé dans sa tenue napoléonienne, il marche à la mode militaire et siffle un coup chaque fois qu'il lève le pied en l'air. On ne voit que lui et Fortunée ne le voit pas !

— J'ai ce plat à débarrasser maintenant, dit Fortunée, agacée, en se dégageant en direction de la cuisine.

Le petit passe à seulement quelques pas de Rosalie. Bouche bée, elle le regarde défiler pieds nus à la suite des autres enfants. Un vent glacial, à l'extrémité du gradient, aussi froid que la lame, passe sur Rosalie. Elle n'ose lui parler ni le toucher. Au loin, on entend Max se remettre à tousser. Une quinte de toux si soudaine et si forte qu'elle glace l'assemblée tout entière. Et le bruit que fait Max va s'intensifiant. On dirait un animal encore vivant dont on arrache les poumons. Tout le monde va au-devant de Max qui est tombé inanimé dans l'herbe au milieu du jardin.

— Il crache son sang, fait une femme agenouillée.

— Il crache son sang, répète, affolée, Ophélie à Rosalie.

∴

Car il est toujours ministre de la Santé en exercice, Max est transporté à l'hôpital militaire de Port-au-Prince. Car l'on est samedi, il faut attendre avant que le personnel et finalement un médecin viennent s'occuper de lui. Car c'est Rosalie, ces derniers sont accueillis par une bordée d'injures et de menaces en français et créole mélangés. Car elle doute de leur volonté à le soigner avant tout autre patient, elle leur parle comme si elle s'adressait à ses subalternes. « Cet homme est le ministre de la Santé Max Adolphe ! Entendez-vous ? Mon mari est l'intime du président Duvalier ! C'est un homme d'État ! Toute activité doit cesser ! » Car elle juge que ce médecin est décidément trop jeune et peu expérimenté, Rosalie exige sans succès un autre médecin. Car les examens prennent du temps, Rosalie ne reprend pas le cours immédiat de ses affaires et veille dans un couloir jusqu'à la tombée de la nuit, bientôt rejointe par son frère. Et quand, à moitié assoupie, elle entend puis voit un vieux mulâtre en blouse blanche venir à sa rencontre, l'air moribond, Rosalie se fige comme un pot.

— Les poumons du ministre sont encombrés d'eau, dit

le médecin militaire allant directement au but. Cela comprime le cœur. Votre mari s'épuise beaucoup trop. Nous allons le garder pour le drainer et soulager la respiration. Mais comprenez bien qu'il ne pourra retourner chez lui avant un long moment, madame Adolphe. Courage, termine le médecin.

Car Rosalie n'a jamais vraiment envisagé la vie sans Max, elle se met à sangloter sur l'épaule de son frère Basile-Antonin, soudain très gêné. Quelques secondes et c'est tout.

1986

Février, carnaval de Jacmel au sud-est d'Haïti.

Le groupe traverse la foule. Ils ne se suivent pas. Ils marchent dans une même direction et restent distants les uns des autres de quelques mètres, écartant gentiment mais fermement les carnavaliers tout entiers à la fête. Personne ne peut encore dire s'ils forment vraiment un groupe, une bande, comme on dit à Jacmel le jour du carnaval. De loin, ils ne paraissent pas se connaître. C'est un ours, un zèbre, un coq, un léopard, un cheval et un buffle qui avancent. Des hommes-bêtes couverts de couleurs et d'étoffes. Ils ne sont que quelques bêtes de plus dans un océan d'animaux fantastiques, de créatures de pacotille et de spectres dansants. Par les trous percés dans leurs têtes géantes faites de papier mâché, ils voient parfaitement ce qui les entoure. Tous les gens déguisés et grimés. Les cris. La fête. L'absence de policiers. La fin de l'avenue Baranquilla. Le restaurant au loin. Ils se fraient leur chemin. Ils convergent.

Tout autour d'eux, Haïti triomphe. À perte de vue, de longues traces rouges, noirs, jaunes, blanches, bleues déferlent dans les rues. Jacmel est un chaudron. Les jeunes carnavaliers dansent, se tordent, sautent et s'écorchent en tombant. Sur les trottoirs, les spectateurs crient pour se faire entendre du voisin. Le créole chante en chacun et par les bouches ce qui demeure des traditions. L'ultime richesse, ce sont ces mots, ces couleurs. Sous une pluie de confettis et de farine, les enfants hurlent, effrayés par une poignée de démons noirs de mélasse et de terre. Un groupe de tigres charment les reines de beauté sur les chars. Le Juif errant lance ses bras dans le vent en tournant comme un derviche. Partout des dieux vaudous veillent et s'agitent. La peau noire des ventres, des reins, des fesses se dévoile. Le soleil des Caraïbes impacte les corsages et laboure les nuques. La sueur se mélange aux pigments. On se touche. On s'inclut. On suit la mesure. Les maîtres de cérémonie poussent le son au maximum. Ils font trembler les fondations du quartier avec les derniers tubes du *kompa* produit à Miami. En haut, les vieilles serrent les poings en se déhanchant à leurs fenêtres. La musique est un tout. La musique est partout, vivifiante. Elle occupe tout l'espace. Durant trois jours, elle éloignera le fatras. À Jacmel, des milliers d'hommes, de femmes et d'enfants maquillés et costumés arrêtent le temps et la souffrance.

Et le groupe progresse. Il est devant le restaurant maintenant. C'est un ours, un zèbre, un coq, un léopard, un cheval et un buffle. Noués sous leurs costumes, les canons de leurs armes sont déjà chambrés, prêts à faire feu. Leurs masques géants et leurs peaux de bêtes, ils les ont achetés la veille et en dollars à un groupe des faubourgs dont le silence sera apprécié si les choses devaient tourner mal. L'ours est immense. Il s'avance à grands pas pour se camper devant la terrasse de l'*Étoile du Sud*. Les clients sont nombreux. Aux premières loges, ils mangent et sirotent leurs boissons en suivant le défilé. L'ours balaie l'assistance du regard à travers le trou de sa gueule plantée de dents. Certains lui sourient. Il serre le fusil qui reste caché contre sa hanche et il entre dans le restaurant dont la porte à double battant est grande ouverte. Il jette maintenant un œil à l'intérieur où de rares tables au fond sont occupées. Les yeux de l'ours s'habituent à l'obscurité. Il penche la gueule en biais pour y voir un peu mieux et s'immobilise. « Han ! » grogne-t-il et il fait demi-tour. Devant la terrasse, sous le soleil vertical, le zèbre, le coq, le léopard, le cheval et le buffle sont là. L'ours sort du noir, réapparaît. Il tape deux fois sur sa large poitrine et lève sa patte en l'air en direction de la salle à manger de l'*Étoile du Sud*. Moïse vient de donner le signal. Dans la seconde, tous les animaux fondent vers l'intérieur sortant un à un de sous leurs poils, de sous leurs plumes, les armes encore froides. Certains clients se lèvent et se mettent à détaler. Le zèbre pénètre dans la salle le dernier. Il jette son masque géant à terre. Aucune parole n'est prononcée. On ne parle pas lors d'une exécution. Jacques décharge tout ce qu'il porte de métal sur Colonel Williams et ses hommes. Les autres l'imitent.

Les *tèt kale* n'ont aucune chance et pourtant. Le macoute Abel mange face à l'entrée. Il est le premier à réagir en voyant les animaux tomber les masques et le reflet mat ou brillant des canons. « Couchez-vous ! » hurle-t-il aux autres. Quand le premier coup de feu résonne, Abel envoie un grand coup de genou dans la table faisant voler en l'air assiettes, couverts, plats et boissons. La table retombe lourdement, sur la tranche, et cela fournit quelques centimètres de bois, quelques secondes de protection aux miliciens. Abel plonge à terre pour sauver sa vie et saisit son revolver en tremblant. Les autres *tèt kale* n'ont pas la même rapidité. Le temps de comprendre qui sont ces animaux, Romélien prend une balle dans le flanc, une autre dans le cou avant de se cacher derrière la table lui aussi. Le macoute Sony est touché par Moïse dans la région du cœur et au visage. Il est déjà mort quand son corps tombe de sa chaise et heurte le sol. La salle s'illumine d'éclairs blancs sous le feu roulant des animaux. Dans cet espace presque clos, le bruit des armes est centuplé. Le personnel est à terre en cuisine. Derrière la table, Abel riposte à l'aveugle à moitié couché. À ses côtés, le macoute Romélien le regarde à genoux, les yeux vides. D'une main, il tient son revolver, de l'autre il comprime son cou. Le macoute contient le jet continu de sang qui bouillonne entre ses doigts. En perdant doucement connaissance, il s'expose. Jacques l'ajuste d'une balle dans l'oreille. Les animaux continuent d'avancer pas à pas et de mitrailler. La table est épaisse, d'un tenant, mais elle recule sous les impacts. Certaines balles la traversent de part en part, frôlant Abel. L'une lui transperce la fesse et la douleur est si intense qu'il lève aussitôt son arme en l'air en criant : « Halte au feu ! Halte au feu ! » Les animaux s'abattent sur le macoute blessé et confirment pour les autres la mort d'une balle. Au dehors, on entend des cris mais la musique continue de se déverser dans la rue. Jacques fronce les sourcils et regarde l'ours.

— Mais leur chef, bon Dieu ?! gueule Jacques en pointant son arme dans la direction des macoutes à terre. Il est pas là ?!

— Je comprends pas ! fait Moïse. Je l'ai vu.

Ce que Moïse ignore encore c'est qu'il existe ici-bas un dieu bienveillant pour les enfants terribles des Duvalier. Le temps de sortir du restaurant chercher les autres, Moïse n'a pas vu Colonel Williams se lever de table pour aller satisfaire un besoin naturel. Dès les premiers coups de feu, le chef a compris et déserté. Par la petite fenêtre des toilettes, il s'est trouvé une façon de survivre. Dans le dédale du bidonville de Jacmel, on ne le reverra pas aujourd'hui. Le buffle Léon revient du fond de la salle son canon scié à la main en faisant non de la gueule.

— Il n'y a personne là-dedans. Le macoute s'est enfui.

Jacques donne un grand coup de latte à Abel pour défouler sa rage. Le macoute réprime un cri et geint en se tenant la cuisse. Jacques ne veut pas y voir de mauvais présage, mais la fuite de leur chef ouvre une incertitude. Il tenait quelque chose qui ne se reproduira pas. Pas ainsi.

— On remet les masques, fait Jacques, passé la colère. On s'en va avec celui-là. On se retrouve aux voitures derrière le cimetière.

Le zèbre et les autres sortent de l'*Étoile du Sud* et se fondent vite dans la foule des carnavaliers. L'ours tient Abel contre lui comme on sert un bonbon. C'est comme si les animaux n'avaient jamais quitté le défilé.

∴

À l'autre bout de là mais au même moment, dans le petit pavillon isolé où dort la cocaïne des tontons macoutes, les frères libanais envoient deux faux policiers ; deux Noirs pour ne pas éveiller les soupçons. Il fait presque nuit. Une femme qui garde les lieux vient à leur rencontre. Ils ont tout un tas de questions bidon à lui poser.

— Une bande d'enfants cambrioleurs sévit dans le quartier. Les gens se plaignent et la police mène l'enquête. N'avez-vous rien vu, madame ?

Elle leur parle à travers les barreaux sans décadenasser le portail en fer. La femme est nerveuse mais reste courtoise. Elle ne voit pas l'entourloupe. Elle est seule dans la maison. Pendant ce temps, les jumeaux sont entrés sur la propriété par le terrain vague à l'arrière. Ils épousent l'ombre des arbres, contournent la piscine à l'abandon et montent, à découvert mais sur leur garde, l'escalier de pierre jusqu'à la terrasse. Au loin, ils entendent leurs deux complices faire leur boniment à la femme. À l'intérieur rien ne bouge. Une porte-fenêtre mal fermée et les voilà entrés. Leur drôle de long pistolet allemand à la main, les deux commencent à explorer la maison. Chacun prend une direction. Ils ne cherchent pas la drogue. Elle est toujours arrimée et bâchée à l'arrière des deux pick-up dans le box du jardin. « Ces idiots ont même dû laisser suffisamment d'essence », se dit l'un des jumeaux en ouvrant délicatement la porte d'une pièce à l'étage. Il sourit. Un macoute d'une trentaine d'années est affalé, endormi dans un canapé. Des dizaines de bouteilles de bière sont posées devant lui sur une table basse. Le coup de feu claque dans la nuit, illuminant d'un trait le séjour. Dehors, la femme se retourne vers la maison en faisant : « Hé ?! » Les faux policiers tirent aussitôt à travers la grille et la Noire tombe sur le gravier sans avoir eu le temps de pousser un cri. Touchée à la tête. Il n'y a personne d'autre dans la maison. Une petite heure plus tard, les corps sont ailleurs. Les pains de cocaïne des *tèt kale* ont changé de box et de propriétaires. Les jumeaux éprouvent une très grande satisfaction sur la route du retour vers Les Cayes. Demain, ils se lèveront tôt pour gérer leur commerce de gros près du port comme si de rien n'était.

∴

Il n'y a plus rien à faire à Jacmel. Une fois débarrassés de leurs costumes et de leurs masques d'animaux, Jacques et les autres repartent en direction de Léogâne. Le renseignement de Sybille a permis de remonter jusqu'à Colonel Williams mais désormais le macoute peut se cacher à peu près n'importe où. Et cela contrarie Jacques. Il s'est mis en tête d'éliminer ce concurrent avant de vraiment envisager la suite. « On va le retrouver », le rassure mollement Moïse. Dans le coffre de l'une de leurs voitures, le macoute est sur le flanc, ligoté. On entend le corps du *tèt kale* taper lourdement la tôle dans les virages. Personne n'a pris le temps de le panser. La route n'est plus très longue avant d'atteindre le col.

C'est un petit plateau au détour d'une aire de stationnement des camionneurs qui domine la baie verdoyante et auquel on accède par un petit chemin cahoteux juste assez large pour y faire passer un véhicule. Moïse s'y arrêtait souvent pour casser la graine à mi-chemin entre Jacmel et Port-au-Prince. C'est pourquoi on est là. La terre y est sèche et a une couleur noisette presque rouge. Elle est couverte des aiguilles des pins qui poussent tout autour. En freinant, leurs voitures ont levé un rideau de poussière et, quand ce nuage mordoré redescend complètement, Abel est déjà face contre terre, les mains toujours liées. Seul le chiffon qu'on lui avait coincé dans la bouche lui a été retiré pour qu'il puisse parler.

Jacques s'est approché, le canon de son arme dirigé vers la tête du tonton macoute. Il ouvre sans sommation le feu vers le sol et la mort frôle Abel trois fois. Le gravier projeté fouette sa joue et le fait saigner en lignes parallèles. Les détonations enferment sa tête dans une cage à tonnerre. L'écho se propage au loin puis se meurt. « Il est temps de se dépouiller de quelques petits secrets, mon ami », pense celui qui fut tout à l'heure le buffle, cousin de Jacques. Mais Abel garde le silence et sa position en chien de fusil, les poings serrés. Sa blessure à la fesse a tracé une auréole marron sur son pantalon vert. L'homme-bâton s'apprête à mourir à cinquante-quatre ans sur ce petit promontoire isolé. Faut-il formuler la mort autrement pour qu'il se décide ?

— Non ! lance soudain Abel à Jacques.

— Non ?

— Non !

— Non, tu ne veux pas mourir ?

— Non, je ne sais pas où sont les autres !

— Très bien. Il s'agit donc d'un « Oui, tu veux mourir », homme-bâton.

Et Jacques tire à nouveau avec son revolver. Deux balles au ras de la face d'Abel, la troisième dans sa fesse déjà abîmée. Une épée de pure douleur entre dans son dos. Le Noir hurle contre le sol à s'en rayer les dents. Le fracas dans son crâne comme les poings d'un géant enragé décidé à sortir.

— Non ! gueule Abel.

— Il recommence, fait Jacques en se retournant, amusé, vers les autres.

Mais les camarades sont las. Le soleil est déjà haut. Ils se verraient loin d'ici en famille ou avec leurs maîtresses. Ce détour n'était pas programmé. Ils ont déjà mis leurs vies en jeu ce matin et c'est bien assez pour une journée, lit Jacques dans les regards. Sur les huit balles que comptait son revolver, il lui en reste deux pour le crâne du macoute.

— Je ne sais pas… han… où se trouve Colonel Williams ! crie Abel d'une voix aiguë, cette fois terrifiée. Je ne lui connais pas… han… han… d'autres maisons qu'à Jacmel ! Je le jure.

Jacques fait mine de ne pas entendre et tend son arme.

— Je… Je dis la vérité. Je te donne une adresse, voilà ! À Carrefour, dit Abel soudain empressé. Une maison rouge au tout début de la rue Cordou. C'est celle de Gérard… Gérard Nervillus. C'est un proche du Colonel. Il ira peut-être là. Je ne sais pas…

— Qu'est-ce que tu peux encore jurer ?

— Laisse-moi, garçon ! Par pitié, laissez-moi et je vous dis quelque chose sur le Colonel. Je vous dis cela, mais vous me laissez ici en vie !

Au loin, Jacques entend Moïse soupirer. Un coup de vent brusque l'armée de pins autour d'eux. Tout prend vie et vibre. Comme un signe.

— … tu me laisses ici en vie… reprend à mi-voix Abel.

— Non, fait Jacques.

— Un trésor ! Le fric caché des Duvalier ! crie Abel dans un dernier sursaut. Voilà ce que cherchait Colonel Williams avant que tout explose ici. Tu peux tout savoir maintenant…

Jacques envoie un regard à la ronde. Derrière, les autres ne réagissent pas vraiment, mais Jacques sait. Il a le macoute au bout de son canon, l'index sur la détente, son épaule préparée à recevoir le recul du tir. Dans cet instant de suspension, il a plein pouvoir sur cet homme. Quand la mort est aux avant-postes, l'âme est un peu nue. Il n'y a plus de rideau. Par ce regard, Jacques sait qu'Abel ne ment pas.

— Dis toujours, fait Jacques en s'accroupissant.

Et Abel lui raconte tout ce qu'il sait sur cette prétendue fortune amassée par l'ancien président Papa Doc quatorze années durant. Duvalier méprisait les banquiers. Il ne leur faisait pas confiance. Il voulait disposer de son argent.

Pas de comptes numérotés à l'étranger, pas d'actions. Pas de bons au porteur imprimés du palmier à huit branches haïtien. Non... juste une croix noire marquée sur une carte de cette île. L'endroit où dort depuis vingt ans une malle en acier trempé, parfaitement blindée, pleine à ras bords de tout l'argent massivement détourné par l'État au profit d'un seul homme. Impôts, taxes, farine, tabac, loterie, assurances, ciment, tout jusqu'à la plus petite goutte de sueur... tout cela a été prélevé, ponctionné et aspiré pour aboutir dans ce coffre. Des billets, de l'or, des gemmes, nul ne sait de quoi cette réserve est constituée. Duvalier l'a baptisée le « trésor des Capois » parce que la malle a été fabriquée dans une fonderie du Cap-Haïtien. Les proches et la famille ignorent tout de cette dernière manœuvre. Les rares personnes dans la confidence, le tyran les a fait tuer les unes après les autres, patiemment, comme on déplace à la main les éléments d'un boulier. Mais tout cet argent, pour quel dessein, si ce n'est le donner à sa descendance ?

— Colonel Williams n'est qu'un pion, dit Abel à Jacques. C'est sa supérieure, Rosalie Adolphe, l'ancienne commandante en chef des macoutes, la patronne de Fort-Dimanche, qui a eu vent du secret de Papa Doc. Elle tire toujours toutes les ficelles de cette pelote infâme. Williams n'est qu'un Nègre de chasse au service de cette femme en fuite, dit Abel.

L'argent du trafic sert aussi cette quête, car il permettra un autre avenir au clan. Depuis peu, Williams raconte aux *tèt kale* que le trésor n'est pas à Cap-Haïtien comme ils le croyaient jusque-là. Il est enfoui tout au nord du pays sous un fort militaire. Les macoutes continuent de chercher, mais le temps presse. Williams et Rosalie veulent se venger de la famille Duvalier et tout rafler. Ils ont enlevé l'an passé un ancien aide de camp de Papa Doc. Un certain Faber pour lui faire cracher le morceau. C'est de cela qu'Abel s'entretient avec Jacques avant que ce dernier ne décide de le tuer pour de bon d'une balle dans la tempe.

1971

Port international de Port-au-Prince.

La puissante corne de brume d'un cargo vénézuélien à l'approche résonne dans la baie de Port-au-Prince. Et durant ce long signal, on n'entend plus du tout Léon Destome parler sous la haute voûte du hangar de la cimenterie. Le bâtiment donne directement sur les quais. Côté port, ses deux grandes portes coulissantes sont ouvertes dans l'attente d'un gros chargement de sable de carrière venant par la route des Gonaïves. Le bruit du cargo emplit tout l'espace offert du hangar. Léon Destome s'arrête donc de parler. Et quand le bateau cesse son raffut, il reprend, sur un ton souffreteux.

— Madame Adolphe, je… je ne comprends pas. Je ne veux pas manquer de respect mais votre calcul doit sûrement être incorrect. Peut-être y a-t-il… il y a certainement erreur sur le volume demandé, madame Adolphe.

Assise à son bureau, légèrement penchée en avant, Rosalie regarde vers le bas Léon Destome avec un air affecté comme si elle le plaignait. Ce qui n'est évidemment pas le cas. Elle a fait amener le vieux siège en cuir à roulettes devant le large bureau de son père pour se placer en toute bordure du pont de chargement des camions. Ainsi positionnée en surplomb de la voie, telle la juge au tribunal, elle domine d'un bon mètre la dizaine des clients qui attendent, chacun leur tour, pour terminer leurs commandes. En position de force, elle laisse volontairement Léon Destome ahaner ses questions, se contorsionner ainsi devant tout le monde. Autour de Rosalie, les *tèt kale* sont au complet réunis à sa demande. Il y a Ariel, Gérard, Romélien, Sony, Abel, Colonel Williams et le géant Thémistocle, venu les rejoindre quelques jours plus tôt par la route des Cayes. Certains macoutes sont assis sur des chaises pliantes, d'autres – ceux qui ne portent pas de costumes – se sont hissés sur des sacs de ciment empilés par dizaines sur des palettes de bois. Tous les *tèt kale* font face aux clients de la cimenterie qui découvrent, l'un après l'autre, incrédules, la nature du diktat. Arrivé au bout de ses arguments, Léon Destome dit :

— Madame, il y a forcément erreur. Ce n'est pas le juste prix. Quelque chose doit être fait. Il y a erreur.

Là encore, Rosalie attend pour répondre. Elle chausse avec une lenteur calculée ses lunettes à bouts pointus et plonge la tête dans son cahier de commandes. Elle s'est entourée des accessoires de bureau de feu son père comme s'ils allaient lui conférer un supplément d'autorité face à ces hommes qu'elle ne connaît pas au fond. Un sous-main en cuir rouge, un double porte-plume sur son socle en marbre, un encrier de notaire en verre épais et ciselé, un porte-buvard en bois avec sa petite boule pour le saisir par le haut. Tous les objets que son père manipulait chaque jour quand il était à la tête de ses affaires.

Rosalie s'était convaincue très tôt qu'elle n'était pas faite pour les études. Adolescente, elle séchait les cours pour rejoindre son père ici, à la cimenterie. Et Blaise s'était doucement fait à l'idée. En l'absence de descendant mâle sous sa maison, Rosalie était de ses trois filles celle qui pouvait naturellement lui succéder à la tête de l'entreprise familiale. À écouter Blaise, elle était même une sorte de prodige dans le secteur de la construction. À force d'observation et sans même prendre le temps de faire une école de commerce, elle savait vérifier des comptes, surveiller l'état du stock, anticiper les besoins. Inutile de lui répéter deux fois la même consigne. Rosalie mémorisait aussitôt les procédures et la manière de faire. Blaise savait sa fille orgueilleuse et pressée. Moins de deux ans après l'avoir intégrée à son équipe, il sentait qu'elle contenait déjà son envie de critiquer le fonctionnement de la cimenterie pour tenter d'imposer ses solutions. Pourtant, jamais Rosalie ne fit preuve d'impatience ni ne contesta son père ou ses choix. Ce n'était évidemment pas de l'humilité car Rosalie en était complètement dépourvue. Elle sentait simplement l'enjeu pour elle d'être ici à apprendre de lui. Dans le dos de sa femme, Blaise justifiait ses absences au lycée, lui apprenait par touches les petits secrets du métier. Les techniques pour négocier et imposer ses vues à ses interlocuteurs. À seulement dix-sept ans, Rosalie avait assimilé le fonctionnement de l'entreprise et les rouages du marché des matières premières en Haïti. Elle s'était rendue indispensable à Blaise. Et à sa mort, personne dans la famille n'eut donc rien à dire quand elle reprit les rênes de la cimenterie.

— Je ne crois pas qu'il y ait erreur sur le montant, finit par dire Rosalie. J'ai bien noté là que tu demandes six cents sacs « bord de mer » de trente-cinq. Ce qui me paraît peu pour la taille de votre bâtiment si tu comptes les fondations mais bon… soit. C'est vous qui décidez. Selon le barème en vigueur, six cents sacs de ciment

« bord de mer », ça nous fait bien vingt-sept mille cinq cents gourdes, moins le transport.

Rosalie repose ses lunettes.

— Mais bon Dieu, ce n'est pas possible ! s'emporte brusquement Destome en levant les bras et en prenant à témoin les autres clients qui baissent aussitôt la tête. C'est inconcevable ce prix ! C'est le double de l'an passé ! Et on est en année d'inondations ! Nous avons tout à refaire !

— Ce n'est pas mon problème. C'est les inondations pour tout le monde. La cimenterie aussi a eu des dégâts. Nous aussi avons des frais. Je veux te faire une remise sur les gravillons, continue Rosalie, impassible. Si tu te calmes, évidemment.

Le vieux patron des pêcheurs de Jacmel jette alors sur Rosalie et les *tèt kale* un regard d'un tel mépris, électrique et ardent de colère, que durant une seconde tout Haïti est privé de courant. Ce rayon de haine est si puissant que Rosalie esquisse un absurde mouvement sur le côté pour l'éviter. Léon, lui, ne bouge plus. Son corps s'est tendu telle une corde à piano. Il voit s'enfuir tous les rêves de développement de sa petite communauté par un inévitable siphon. La coopérative est endettée pour trois ans. Elle n'a déjà plus les moyens d'assurer l'entretien. À soixante-neuf ans sonnés, Léon Destome décide, dans ce hangar, qu'il n'a pas à supporter les prétentions de la nouvelle gérante. Lui, le fidèle client du père de Rosalie qui a accepté comme les autres, et durant trop d'années déjà, ce simulacre de monopole sur le ciment au profit des amis du président Duvalier. Lui qui, dans sa commune de Jacmel, a convaincu les plus téméraires de ne pas recourir à la contrebande venant de Saint-Domingue pour ne pas s'exposer à la violence des macoutes. Sur cette île soulevée par les tremblements de terre, agressée par les ouragans, délavée par les pluies, le rêve des plus démunis de construire leurs maisons en dur s'est couvert de sangsues voraces. Par la terreur et l'argent, elles se sont donné le pouvoir, ces sangsues, de désigner qui peut avoir un toit stable sur sa tête en Haïti.

— Saloperie ! jure puissamment Léon Destome. Saloperie ! Aucun Nègre ici présent n'acceptera ces conditions, car aucun Nègre n'a les moyens de vous payer ! Honte à vous ! Honte sur votre papa !

Quand les mots macèrent trop longtemps, ils remontent à la surface comme des bulles inflammables. La fureur porte Léon Destome. Elle crache autour de lui en cercles de feu incontrôlés. Il faut soudain rétablir le cours de ce qui est juste. Armé et rajeuni de quelques années, il aurait réduit l'espace de ce hangar en cendres, laissé cette femme, ces macoutes, y compris ce géant, crever la gueule béante et à terre. Léon Destome est de ceux que la colère peut rendre ivres et dangereux en une seconde. Mais en cet instant, il est un homme vulnérable parce que seul. Et quand il a fini de gueuler contre Rosalie, des muscles se mettent aussitôt en action. Thémistocle est le premier des *tèt kale* à se lancer sur lui. Il passe tout près de Rosalie et, sans lui demander la permission, il saisit l'encrier en verre posé sur le bureau et saute du quai des camions jusqu'à la route où se trouvent les clients. Il tend illico l'encrier à Léon Destome et lui dit :

— Bois !

Mais le vieux le fusille du regard et ne bouge pas.

— Bois ! dit à nouveau Thémistocle et il enlève son chapeau de cow-boy pour le poser derrière lui sur le bord du quai.

— Je ne te parle pas. Tu es un petit garçon violent. Je te chie dessus, en réalité, répond Destome.

— L'encre. Bois, répète Thémistocle.

— Vous le regretterez, madame, dit Léon à Rosalie par-dessus l'épaule de Thémistocle. Blaise vous regardera toujours pour cela. Il vous regardera !

Cette nouvelle référence au père de Rosalie actionne le géant. Thémistocle saisit d'un geste aussi précis que calme la mâchoire du vieux dans l'étau de sa main gauche. À force de presser, presser, presser l'articulation, il le force à ouvrir la bouche et l'oblige à boire l'encre noire jusqu'à la dernière goutte en gargouillis obscènes. Avec les bras, Léon fait des moulinets inutiles pour se dégager. Thémistocle finit sa besogne sous les yeux effrayés des autres clients derrière lui. Et quand il relâche sa prise, Destome tombe lourdement à terre. Le souffle coupé. Le corps en débâcle. Défait. Le goût de l'encre – ce goût qui lui était inconnu – lui remonte par vagues de l'estomac. Sa bouche, sa langue, sa chemise sont barbouillées de noir. Ce n'est que de l'encre. Ce n'est pas du poison. Mais pour Destome, il eût mieux valu peut-être. Dans ce hangar, un nouvel Haïtien vient de mettre genou à terre. La logique voudrait que Rosalie intervienne en cet instant. Qu'elle parle à Léon Destome. Mais Rosalie est étrangement absente. Elle a regardé la scène, détachée, sans vraie réaction. Et pour la première fois, tous les *tèt kale* en même temps perçoivent que quelque chose a changé en elle, s'est peut-être fissuré. Tous ont saisi sauf Thémistocle. Le géant comprend au contraire que la leçon n'est pas suffisante et qu'il faut ajouter un étage de plus à l'humiliation. Il reprend le vieux par le col et le hisse jusqu'à lui. La bouche de Destome ruisselle encore de l'encre noire.

— Allez tous en enfer ! Vous n'êtes pas des humains ! crie le vieux sans retenue.

À son bureau, Rosalie ne bouge pas. De sa main gauche, Thémistocle emprisonne tout l'arrière du crâne de Léon Destome et, de son autre main, il se met à lui frapper la bouche à l'aide du lourd encrier qu'il n'a pas lâché.

— Ouvre, dit le tonton macoute. Ouvre grand.

Destome geint et se débat tandis que Thémistocle frappe plusieurs fois la barrière de ses dents avec l'objet de verre. Jusqu'ici immobiles et muets, les autres clients de la cimenterie se mettent à s'agiter devant la scène insoutenable. Certains, pressentant le déchaînement d'une violence plus terrible encore, interpellent directement Rosalie pour faire cesser cela. Mais Rosalie ne paraît ni les voir ni entendre leurs protestations quand Thémistocle entreprend de faire entrer l'encrier tout entier dans la bouche meurtrie du vieux Destome.

Quand Rosalie hurle : « Quelle folie ! », il est trop tard pour Destome. Et ce n'est pas le col de l'encrier en verre coincé dans sa gorge qui l'a étouffé. Non. Léon Destome est mort d'un arrêt cardiaque, sous l'effet combiné de sa propre haine et de la peur de mourir sans les siens et de la sorte sur la terre de ses ancêtres. Cette simple idée l'a terrassé d'un coup sec comme l'étendard claque, surpris par le vent. Rosalie se lève de son bureau et descend du quai rejoindre Thémistocle.

— Quelle folie ! redit Rosalie plus fort encore au-dessus du corps retourné du pêcheur. Pourquoi as-tu fait ça ?!

Elle s'accroupit et empoigne délicatement l'épaule du vieux client de son père. Avec une douceur qui n'a plus lieu d'être, elle couvre son épaule de sa main.

— Pourquoi ne crains-tu pas la mort… comme les autres ? dit-elle.

Et, à cet instant, tout le monde comprend que Rosalie ne s'adressait pas au géant mais à feu Léon Destome.

∴

Le chœur des enfants se tient chaud. Imbriqués, peau contre peau, tous observent Rosalie. Ils grondent d'une seule voix :

— Vous négligez vos propres sentiments. Vous coffrez vos désirs au nom d'un intérêt supérieur. Au nom d'Haïti, pensez-vous. Au nom d'un idéal et de gens qui ne vous sont plus rien. Vous ne les tenez pas en respect. Ils vous méprisent en retour. À quoi bon ces faux-semblants ? Ce masque ne vous irrite-t-il pas ? À force, ce masque, ne faut-il pas l'enlever ? Ne vous manque-t-il pas la pierre de touche qui saura vous rappeler l'essentiel ? L'abandon, une larme pour le prochain, l'amour d'un enfant. Et vos pantins qui ouvrent à la machette les chemins de campagne comme ils ouvrent les crânes, est-ce à côté d'eux que vous voulez comparaître quand viendra l'heure ? Tout n'est plus que question de temps. Les aiguilles, la grande et la petite, convergent vers minuit. Un sanglant médianoche se prépare. Soupçon, terreur, esclaves dérangés de l'oubli pour exhiber les cadavres dans les rues. Saurez-vous regarder plus loin que les montagnes qui ceinturent votre cœur, Rosalie ?

L'avisé s'avance. Il se retourne face au groupe et dit :

— Je ne prends pas sa défense mais regardez-la ! Cette femme a renié son essence. Elle s'est endurcie dans l'erreur. À la croisée des interdits, elle a fait le pas en avant. Elle est le bouton prêt à crever sur le flanc d'une plante anarchique. Sa propagule est pleine de sa haine et de la souffrance de ce peuple acculé. Regardez cette aberration mais considérez-la aussi pour ce qu'elle est. Elle est aussi ce pays. Je retournerai la voir.

— Ainsi soit-il, fait le chœur des enfants.

1986

Rivière du Massacre.

Il pleut des cordes et ce n'est pourtant pas la saison des pluies. « Putain rien n'est comme avant », répète cent fois le macoute Colonel Williams, les mains scellées à son volant. Devant lui, les tropiques ont lancé toutes leurs forces. Le ciel jette son fardeau tiède en travers de la route. En quelques minutes, la terre est devenue boue qui dégueule de toutes parts sur la chaussée mais le milicien reste pied au plancher. Il jure contre les autres. Ces voitures tous phares allumés en plein jour. Ce *tap-tap* débordant de passagers. Cette mobylette aux roues voilées. Tous ceux qui le ralentissent. Il déboîte, double, jamais ne freine. Un enfant passerait sous ses roues qu'il ne baisserait pas les yeux. La batterie fatiguée de sa Ford Taurus fournit quelquefois l'impulsion nécessaire au mouvement des essuie-glaces, juste le temps pour Williams de corriger sa route et d'éviter de verser dans le fossé. Sur le bas-côté, les *madan sara* s'abritent sous la ramure des arbres à pain, leurs caisses de légumes à vendre serrées entre leurs cuisses. L'air blasé, les marchandes voient passer la menace. Ce vecteur froid qui monte, inexorable, vers le nid secret de Rosalie.

Au carnaval de Jacmel, ce midi, Colonel Williams a échappé à la mort. Un autre que lui – tout le monde en vérité – aurait évité le danger après cela. Il aurait gagné un endroit inutile, pris le temps peut-être d'écouter les variations du cœur sous sa poitrine ou de simplement faire jouer sa main sous le soleil, en bénissant cet instant de plus. Mais pas le Nègre Williams. Depuis le coup de pince qui l'a séparé de sa mère, celui-là n'a jamais pris la mort au sérieux. Williams est l'aîné des six enfants d'un sorcier *hougan* redouté de Grand-Goâve. Il a baigné tout petit dans le commerce des âmes. Sur les bords du fleuve Lavange, tout le monde sait que sa maison était l'un des grands théâtres du vaudou de la péninsule de Tiburon. De très loin, les Haïtiens venaient sur rendez-vous voir son père qui, comme son grand-père et son père avant lui, savait orienter le désordre invisible vers le cercle parfait tracé dans l'arrière-cour. Son père tutoyait les *loas*. Il les intimait, leur faisait savoir où étaient les besoins ici-bas. Dans sa maison, Williams a vu son père filtrer toutes les misères et les aspirations de la communauté. Enfant, il apportait les décoctions, les baumes prêts à l'emploi que préparait sa mère. Il observait le geste vaudou sans vraiment avoir conscience de son pouvoir étendu sur les vivants et les choses. Pour lui, c'était le quotidien. Une partie des tâches de la maison en somme. Les années passant s'est posée la question de fouetter au sang et de faire rouler Williams dans la poussière des anciens, d'en faire un nouvel émissaire du vaudou en Tiburon. Hélas ! dans la famille, personne ne l'a jamais jugé capable d'embrasser la voie. Son père ne s'exprimait pas à ce sujet. « Il ne tient pas droit », répétait sa mère, Louise. Et les étrangers aussitôt de chercher l'origine de son infirmité, mais il n'y avait rien à chercher dans l'alignement de ses os. Ce que sa mère disait de Williams concernait la nature de son caractère. Chez lui, le calme devançait quelques nouvelles déflagrations. Un craquement d'allumettes, un regard, une parole anodine et la bulle éclatait. « Un boyau qui se tord du matin au soir. Trop gâté par la Nine », disait de lui sa mère. La Nine, la grand-mère paternelle, Jeanine, qui avait choyé son petit-fils tandis que les jeunes parents bâtissaient leur réputation en ville. Peut-être la violence a bourgeonné en lui à ce moment, qui sait ? À dix-sept ans, chassé par son père, l'adolescent arrive de nuit à Port-au-Prince. Il est question d'une tentative de meurtre contre le père, dit la rumeur en Tiburon. Williams se fond dans le bruit de la capitale. Il traîne avec d'autres petits vagabonds descendus de la campagne. La nuit, il ne dort pas ou jamais seul car c'est bien à ces heures et sans témoins que les esprits vengeurs du vaudou reprennent leurs biens. C'est bien la nuit que l'âme de son père aurait pu le retrouver et le foudroyer. C'est ce qu'il croyait en tout cas. Alors, pour conjurer sa crainte, Williams a fait volte-face. Le hasard d'une rencontre a fait de lui l'un des tout premiers adolescents à rejoindre la nouvelle milice de Papa Doc. Comme les autres, il a appris à défiler, à hurler sur les gens, à manier une arme. Williams a fait ses classes. Il est devenu l'un de ces petits volontaires de la Sécurité nationale. Un *sans-maman* voué à ce régime. Mais un après-midi, il est sorti de l'anonymat. Armé d'un fusil américain flambant neuf, il a tué coup sur coup deux syndicalistes de l'Union nationale des ouvriers dans une avenue de Pétion-Ville lors d'une manifestation de la faim. Ce que le petit macoute ignorait, c'est que ces deux hommes étaient des ennemis personnels de Papa

Doc. Sans le prévoir, Williams a exaucé un vœu de la plus haute importance pour le palais. Avant de mourir, ces deux syndicalistes se sont défendus. Armes à la main, ils ont vidé leurs chargeurs à bout portant sur ce jeune qui avançait sur eux en sautant et en grimaçant, mais sans jamais parvenir à le toucher. Protégé des balles et du feu par le cercle des esprits. La légende de Williams se répand aussitôt dans la termitière macoute. Le petit a le verbe haut et il se souvient de l'aura de son père-sorcier, de ce que la croyance fait sur le cœur des hommes. Il se fabrique un corps vaudou qu'il expose en riant et, pour tout le monde, il devient « Williams, l'intouchable », « Williams, le Nègre diamant ». À l'époque, Rosalie est déjà la chef des tontons macoutes. Elle entend parler de cet événement. Elle évalue le chien fou. Il est indiscipliné mais malin. Il sait commander la troupe. Le reste, il l'apprendra. Pour servir la propagande, Rosalie le fait son second, son colonel en chef. Elle le met en selle, lui donne des responsabilités et même une petite solde quand les autres ne perçoivent rien. L'escadron des *tèt kale* est alors créé. Williams est chargé de recruter et d'animer ces éléments qu'il a pour la plupart connus dans la rue. Sur ordre, mais le plus souvent sans, les démocrates, les religieux, les terrifiés, les disparus, bien des morts s'accumulent au crédit des *tèt kale*. La haine de Williams enfle, pousse les parois de cet homme à l'extrême comme sous l'effet d'un gaz trop comprimé. Ses accès de hargne incontrôlés se multiplient sans vrai contre-pouvoir. La violence s'échappe, toujours inattendue, accompagnée d'obscures références au vaudou lancées bien haut pour que tous entendent. Donner la mort, dévaster et magnifier ses aventures devient pour lui un rituel proche de la magie. La politique lui importe peu, mais elle est devenue sa meilleure raison d'exister et de survivre.

Pourtant à Jacmel, tout à l'heure, Williams a cillé. Il a détalé comme le lapin. Au volant de sa voiture, il entend la pluie cogner sur le toit. C'est un concert de marteaux. Ce bruit, il occupe tout l'espace. Il interdit de penser. Mais bientôt le tumulte cessera et dans la tête de Williams reviendront les questions. Non pas savoir qui sont vraiment ce Jacques et tous ces animaux. Tout cela, il l'apprendra bientôt par la termitière. Non, il veut savoir qui, tout en haut de la pyramide, a autorisé sa mort.

Quand Williams aperçoit en contrebas la rivière du Massacre et le poste-frontière de Ouanaminthe, il sort de ses pensées. Sur le pont circulent à pied des colonnes d'Haïtiens qui se rendent de l'autre côté, en République dominicaine, pour y être exploités dans les champs de bananes ou vendre à la sauvette. À l'approche du pont, le macoute se met enfin à rouler au pas. Il baisse sa vitre et échange un lot de banalités avec un garde-frontière haïtien car c'est l'usage ici. Williams est connu de tous les douaniers. Le gros fonctionnaire finit par lui glisser dans la main un porte-clé avec, à son bout, un nœud marin. C'est ce simple objet qu'il donnera tout à l'heure aux douaniers dominicains pour qu'ils comprennent et le laissent passer sans vérifier s'il porte une arme. Voilà Colonel Williams sorti d'Haïti. Il passe par le centre-ville de Dajabon puis oblique au nord vers les collines. Au bout de quinze minutes d'ascension par une série de petits lacets, sa voiture entre dans l'allée d'une grande habitation dont tout le monde sait ici – même si aucun panneau ne le dit – qu'elle est la propriété de l'État dominicain. De l'accord de circonstance qui lie la chef des macoutes au gouvernement de ce pays siamois que des générations de petits Haïtiens ont appris à détester, Williams ne veut rien savoir. Il éteint enfin le moteur.

Du temps s'est écoulé. Williams a déjà tout raconté à Rosalie, dès son arrivée. Le jour commence à tomber sur la rivière du Massacre, c'est l'heure où elle jardine.

À l'arrière du pavillon, des plants de manguiers, de figuiers et un long potager s'étagent sur la pente. Rosalie porte un chapeau de paille à large bord et des gants pour travailler. Elle a invité Williams à profiter pendant ce temps de la terrasse orientée sud, vers Haïti, pour vider un peu de cette bouteille de rhum blanc. Et Williams boit. L'alcool dilate le temps. Il ralentit la dynamo de ses pensées meurtrières. L'alcool donne soudain une importance à sa respiration, au clac régulier du sécateur de Rosalie, au mélange de couleurs fauves de ce soleil couchant. D'un côté à l'autre de la frontière, l'alcool est le même, au fond. Il procure les mêmes effets. « Tout n'est qu'étiquette », se dit Williams.

— J'ai bien réfléchi, dit Rosalie en le retrouvant sur la terrasse, voilà ce que nous allons faire.

1971

La chambre d'hôpital de Max Adolphe est un grand et parfait carré blanc dont les murs et le plafond ont été fraîchement repeints. Le mobilier est neuf et les fenêtres disposent sur leurs faces intérieures de larges stores de bois clair. Au centre de la pièce repose Max, allongé dans un grand lit à barreaux, couvert d'un simple drap des pieds jusqu'au bas de la poitrine. Un masque translucide en plastique vert, relié par un tuyau à une grande bonbonne d'oxygène posée à même le sol, lui couvre le nez et la bouche. De temps en temps, le robinet mal réglé de la bonbonne émet un petit gargouillis quand le rythme de la respiration du patient se fait incertain. Depuis son malaise, le ministre de la Santé occupe la chambre n° 5. C'est l'une des trois chambres dites « de confort » de l'hôpital. Elles sont réservées aux personnalités de marque du régime et aux membres éminents de l'armée. Beaucoup plus rarement aux résidents étrangers de marque dont Haïti peut se soucier ou tirer avantage. La chambre n° 5 est au milieu du premier étage face à la salle du personnel soignant où infirmières et docteurs militaires conservent les dossiers médicaux. Là aussi où ils prennent leurs pauses et leurs repas ensemble. En cas d'urgence, il leur suffit de traverser le couloir pour intervenir.

La jeune infirmière modifie l'angle des stores pour atténuer les rayons du soleil dans la pièce. Elle tente, une nouvelle fois, de se rendre utile à Rosalie qui a pris place à côté de Max près de la tête de lit.

— Je vous amène un verre d'eau fraîche ? propose l'infirmière avec un sourire.

— Non. J'ai l'air d'avoir soif, alors ? répond Rosalie avec un regard noir.

Ce qui finit par éloigner l'infirmière qui ne lui est décidément d'aucune utilité en l'absence du médecin-chef. L'infirmière s'en va sans modifier son sourire ou montrer la moindre gêne. Elle referme la porte avec précaution et murmure un « Très bien, madame Adolphe », laissant Rosalie et Max seuls dans la chambre. On n'entend plus que l'oxygène siffler dans le tuyau, à côté les rires étouffés des autres infirmiers dans la salle de repos. Plus loin, la rumeur de la circulation et des passants qui remontent la grande avenue voisine.

Au bout d'un temps qui lui paraît long – mais qui n'est rien en réalité –, Rosalie s'adresse à Max d'une voix de tête, aiguë, cernée par l'émotion :

— Quel personnel incompétent, ces gens-là, persifle-t-elle dans le sillage de l'infirmière depuis longtemps disparue. J'espère seulement qu'ils vont bien te soigner. J'ai bien vu : ils ne foutent rien ici ! La moitié des chambres sont vides d'ailleurs. Ils sont des dizaines d'infirmiers à passer le temps à bavasser. Ils mènent grand train ici aux frais de l'armée. Il faudra faire quelque chose, en parler… Tout cet argent dépensé…

La bouteille d'oxygène se met à gargouiller très fort puis se tait. Max dodeline à peine de la tête. Il est profondément endormi, abruti peut-être par les médicaments, pense Rosalie.

— L'armée, reprend-elle sans vraiment regarder Max, n'a jamais besoin des médecins que quand elle perd. Et ça, tu peux me croire, des médecins et des cocottes en blouse, il en faudra le jour où ces petits soldats iront se briser le cul contre plus fort qu'eux. Avec ces généraux cons comme des verrues, une bande de femmes décidées et armées de casseroles les mettrait en déroute. Sans l'aide des Américains, une invasion de mouches renverserait l'armée haïtienne. Si tel était le désir des mouches, évidemment.

Rosalie est à la recherche d'une image plus négative encore quand le bec métallique de la bouteille d'oxygène la surprend par un violent clac ! Un jet glacial, une angoisse, descend la gorge de Rosalie jusqu'au fond de son estomac pour s'étoiler dans tout son corps. Max ne respire plus. L'air dans sa poitrine est encagé et ne s'échappe plus. Cela dure. Rosalie va pour se lever, donner l'alerte, quand quelque chose se libère entre la machine et Max. Le bec de la bouteille émet un long soupir et la poitrine du mourant s'anime à nouveau. Rosalie se met à pleurer. Tout doucement. Ce n'est pas un sanglot mais plutôt un ruissellement, l'épanchement liquide et lent d'une souffrance sur laquelle Rosalie ne met pas encore de nom. Un cadenas très lourd et ancien pèse soudain sur son cœur. L'homme qu'elle a choisi à vingt et un ans parce que, après tout, « il n'est pas pire qu'un autre », est tenté de la quitter pour de bon mais Rosalie ne ressent pas la douleur attendue. Elle tente maladroitement de faire appel à ses souvenirs mais rien de chaud ne lui vient. Sous leur toit, Rosalie n'a toujours dispensé à Max que le soutien ordinaire et pratique d'une partenaire de vie. Malgré ses responsabilités croissantes dans l'appareil d'État haïtien, Rosalie a continué d'assurer le quotidien du couple : l'organisation de la maison, les relations avec leurs deux familles et leur cercle d'amis noirs et bourgeois tout comme eux. En trente ans, leur seule et vraie complicité réside dans leur curieux tandem politique. La chef des macoutes et le ministre de la Santé. La volontaire et l'intellectuel. À force de mépriser l'amour de Max, de n'y voir qu'une sorte de faiblesse de la volonté, Rosalie s'est interdit de comprendre la partie la plus tendre chez ce petit homme éduqué et narquois. Max n'a jamais reçu de geste véritable d'affection de la part de Rosalie. Un baiser, une caresse dérobée, un souffle chaud sur sa nuque au moment de s'endormir. Si Rosalie s'est déjà donnée à lui, elle ne s'est jamais abandonnée dans ses bras. Sa fierté l'a constamment empêchée de chercher son réconfort, celui qui se passe de mots. Malgré le mépris, Max n'a jamais rien montré. Amoureux de l'idée d'être deux, il s'est accommodé de tout cela. Même de ces moments pénibles où, en privé ou devant leurs proches, le contact involontaire de leurs mains, le frôlement non voulu de leurs peaux étaient aussitôt réprimés par un geste sec de Rosalie. Rejet, agacement, parfois même dégoût. Dégoût de quoi ? De qui ? De Max ? De sa laideur ? Du sexe ? Des hommes et de leur domination ? Jamais Rosalie ne s'est arrêtée de vivre ni d'avancer pour se poser ces questions.

Et si le compagnonnage de Max devait s'arrêter là, maintenant, dans cette chambre et sur ce lit ? Assise à ses côtés, Rosalie n'arrive toujours pas, en cet instant, à lui retourner sa tendresse d'un geste simple. Elle est restée coincée vingt-cinq ans plus tôt, en 1946, quand leur unique désir commun s'est perdu, comme dissous, loin de Port-au-Prince, au cœur de la forêt de Macaya.

Le jour où ils ont perdu leur fils unique, Lafayette. Depuis, Rosalie a cessé de plaider la cause de ceux qui s'aiment. Elle ne parvient pas à saisir la main de Max qui repose là, inerte, sur ce drap.

— Max, murmure Rosalie, les choses sont devenues intenables dans mon univers. J'aurais encore besoin de toi.

Elle amorce un mouvement vers la main de Max, mais elle se reprend. L'oxygène va et vient correctement dans la bouteille. Le visage de Max est apaisé. Rosalie se sent rassurée et elle quitte la chambre sans un regard ni un mot pour les infirmières. Elle regagne la sortie de l'hôpital militaire où l'attend le macoute Sony assis au volant de sa Lincoln. La berline américaine s'engage sur la droite dans le trafic bondé de la grande rue Oswald-Durand, entre les mobylettes et les *tap-tap*, en direction du nord. Vers le palais présidentiel où Rosalie a un nouveau rendez-vous avec l'ami de Max, Papa Doc.

1986

Il a fallu des mois, des années pour qu'elle retisse l'histoire exacte de l'anéantissement de sa famille. Sybille a appris que, dans ce pays-chaos, la vérité est constamment sous bonne garde. Comme si les tueurs, une fois la mort répandue, laissaient rôder un double dangereux d'eux-mêmes sur le lieu de leurs méfaits. Et bien longtemps après, cette présence continue d'infester les lieux pour retenir la parole des vivants.

À la lecture du carnet de Jason, Sybille décide de retourner dans la ville de Jérémie. Elle ne peut reprendre sa vie sans chercher à savoir. Elle n'a alors que vingt-trois ans. En parallèle de ses études de droit à l'université de Port-au-Prince, c'est le moment où elle commence à militer au côté de jeunes chrétiens convaincus comme elle qu'un changement est possible pour Haïti, mais la plupart de ses amis sont morts de trouille. Ils geignent au moment de passer à l'action. La peur des conséquences les paralyse. Sybille ne trouve pas les partenaires pour aller au bout de son désir de libération. Son besoin de justice attendra. Jérémie l'appelle. Il lui faut savoir. Elle s'organise avec ses petits moyens pour partir tout un été sur la côte. Tandis que ses copines entrouvrent leurs corps et leurs petits secrets effervescents aux garçons de leur âge, Sybille sacrifie ses congés pour retrouver les siens. Elle goûtera plus tard le sel des hommes. Elle ne met pas ses parents adoptifs ni son frère dans la confidence et prétexte les universités d'été. À Jérémie, elle séjourne dans la famille d'une bonne amie salésienne et c'est suffisant pour eux. Une fois là-bas, elle marche. D'un endroit à l'autre, du port aux hauteurs de la ville, cherchant discrètement tous ceux qui connaissent ses parents. Le temps a passé depuis le massacre des Vêpres, comme ils l'appellent ici, mais elle continue de se méfier, à raison, des oreilles macoutes. Elle invente des prétextes, se présente comme une amie ou une cousine éloignée pour ne pas éveiller les soupçons. Et puis cette première étincelle sur son chemin. Le nom de Sansaricq ouvre les visages. Il dévoile les dents des anciens. Sybille est caressée de regards compatissants. « Oh ! ma jolie, tu es une Sansaricq ? » lui dit-on comme on s'adresse à la victime sortie des décombres. Maligne, elle feint de ne pas comprendre pour tirer le fil de l'histoire, mais les plus vieux n'ont souvent rien à dire de précis. Beaucoup font déjà la navette entre ce monde et les ténèbres sans encore choisir leur camp. Plus de quinze ans se sont écoulés. Les mêmes mots reviennent sans cesse, émoussés, comme ceux d'un conte terrifiant raconté aux enfants. Sybille connaît quelques moments d'accablement, un câble arrimé en elle, tendu vers l'avant, l'empêche de désespérer. Lors d'un autre passage à Jérémie, elle renouvelle ses petites visites de courtoisie aux anciens. Elle leur rend même des services, fait parfois leurs courses. Et elle revient chaque fois au sujet, découvrant ainsi d'autres détails, d'autres noms. Elle reconstitue une partie de l'arbre familial et, petit à petit, c'est un grand oiseau qui se déploie pour elle au-dessus de Jérémie. Des parents baroques et éduqués dont la facilité de jouir et d'avancer dans ce monde étourdit leur entourage. Sa mère, belle et virulente, incapable d'imaginer élever ses quatre enfants ailleurs que sur ce petit bord de mer. Son père, brillant professeur des écoles, offrant humour et gentillesse, connu en ville pour ses longues enjambées, ses petites lunettes rondes, un regard narquois et ce besoin incessant de se rendre utile à la communauté. Leur petit cercle d'amis, intellectuels comme eux, discutant fort le soir sous la galerie de la maison, à se chamailler pour réinventer le destin de ce pays. Leurs enfants, Fred, Hubert, Jean-Claude et Sybille, tous choyés et promis à la fraîcheur de lendemains meilleurs. Tous appelés à autre chose qu'à mourir face contre terre dans le jardin de leur maison. Tous ces Jérémiens rencontrés par Sybille font surgir une image de la baie : le souvenir d'une famille vif-argent, insouciante et délicieusement libre. Cobus et Jason ont vu juste. À mesure qu'elle entend dire du bien des siens, la rage croît dans le cœur de Sybille. Ce sont des vases communicants. Les témoins les plus proches de ce drame ont tous fui Haïti, terrifiés, pour aller à l'étranger mais elle obtient des noms, quelques adresses. Et durant les mois suivants, de retour à Port-au-Prince, elle envoie à l'aveugle une salve de lettres enflammées, vers Montréal et New York principalement. À ce curieux jeu du hasard, une tante lui répond à l'été 1983. Annita, la troisième sœur de son père, entame avec elle une correspondance prudente. Puis, devant la sincérité évidente de Sybille, une relation s'installe. Elles se parlent brièvement mais plusieurs fois par téléphone. Loin de chez eux, les Sansaricq et leurs alliés se sont renseignés. La tante l'invite à la prudence mais lui donne tout de même le fruit de leurs recherches. Sybille note des noms. Ceux de plusieurs macoutes, tous membres d'une sorte d'escadron sanguinaire nommé les *tèt kale*. Elle lui donne aussi le nom d'une femme au service direct de Papa Doc et qui disait à ces tueurs où aller et quoi faire. Une certaine Rosalie qu'ils surnommaient la « tata macoute ». L'idée de venger sa famille ne la quitte plus.

∴

La moiteur de l'après-midi enrobe Cité-Soleil comme un chewing-gum épais. À l'intérieur de l'orphelinat, Sybille et le curé Aristide sont un peu à l'abri. Dans la grande pièce voisine où les bonnes sœurs ont tiré les rideaux, les enfants allongés sur leurs petits matelas chuchotent. Bientôt, la chaleur aura raison d'eux et ils s'endormiront pour la sieste. Sybille regarde le curé à son bureau rédiger quelques courriers importants. Derrière ses fines lunettes dorées, son œil gauche à moitié fermé n'a jamais eu l'air de le handicaper. Quelque chose chez lui sera toujours impénétrable, comme ce regard, se dit Sybille en l'épiant.

— Ce pays a déjà tant dansé au bord du précipice, reprend tout à coup le petit curé en s'épongeant le front. Je ne pourrais te dire ce qu'il va se passer. Il faut certainement continuer de se battre.

— Mais c'est ce que nous faisons, Aristide ! réagit Sybille comme piquée. Ce n'est pas ce que je te disais !

— Calme-toi, Sybille, dit le curé en opposant sa main sans même lever la tête.

— Oui… reprend-elle en baissant un peu le ton. Évidemment, nous nous battons. Les étudiants sont aux avant-postes pour gêner ce pouvoir et dans la rue ! On les voit bien plus que les ouvriers ou les gens d'Église ces temps-ci.

— Ils viendront…

— Hum… si tu le dis. Mais ce n'est pas à la Toussaint qu'il faut les pousser à gronder en ville avec nous, c'est maintenant !

— Au Cap, ils viendront… répète le curé qui réprime mal son agacement.

— Il nous faut d'autres voitures. Les nôtres sont fatiguées et la police des Gonaïves les connaît, de toute façon. La manifestation est pour bientôt. Tout s'accélère. C'est dans le Nord qu'il faut être, mais bon Dieu, c'est loin le Nord !

— Ce n'est pas la peine de jurer pour autant, dit le père Aristide avec réprobation. Je vais faire avec les jeunes d'ici.

— D'ici samedi les voitures… s'il te plaît. C'est urgent.

Le prêtre fait oui de la tête. « Avec les jeunes d'ici »… Sybille sait interpréter ces mots : les grands voyous du bidonville trouveront la solution. Ils trouvent toujours un moyen. En quelques années, le très calme curé est devenu le champion de la libération à Cité-Soleil. Celui qui n'hésite pas lors de messes à dénoncer crescendo la violence de l'armée, des macoutes, les grands capitalistes haïtiens et surtout américains qui exploitent ce peuple jusqu'au sang. À chaque office, l'église de Saint-Jean-Bosco se remplit de plus en plus pour l'écouter. Quand il porte sa robe blanche et que la foule est là, c'est un autre homme. Il prend tous les risques. Il nomme ses ennemis. Son créole ébouriffe et surprend. Le prêtre invente des mots et construit des phrases à tiroirs dont le sens importe peu. Il dit : « Pour être toujours exposé aux dangers, nous sommes immunisés, nous chrétiens, contre les germes de la mort. » Le curé va là où les petits laquais du Vatican n'osent aller par le verbe, et les fidèles s'en délectent. Aristide ne met rien dans l'assiette, mais il redonne soudain de l'espoir.

Le petit prêtre salésien prend de l'importance. Il est dans les discussions. Sa parole commence à voyager, bien au-delà du bidonville, de cette capitale. On dit même qu'elle franchit déjà les mers. Mais depuis son retour au pays, le curé a de drôles de fréquentations à Cité-Soleil. Les bonnes sœurs salésiennes croisent maintenant des garçons balafrés sous le porche de l'orphelinat. De jeunes chats dangereux qu'il n'est pas bon de fixer du regard si Aristide n'est pas avec vous. Sybille n'est pas dupe. Trop intelligente, elle voit déjà les limites de tout cela, mais depuis leur rencontre, ici même dans cet orphelinat que le prêtre a créé, Sybille a fait de cet homme un allié.

— Et Jacques ? tranche soudain Aristide. Il t'aide comme je le prévoyais ?

Sybille marque une courte hésitation. Sans qu'elle cherche à la réprimer, une image de Jacques nu, la surplombant, lui offrant son sexe à dévorer, flashe son esprit pour disparaître aussi vite.

— Oui… finit par répondre la jeune femme. Il s'est lancé contre eux grâce à mes informations.

— Vos intérêts se rejoignent à un point… c'est troublant, dit Aristide, songeur. Quand tu m'as appris l'histoire de Jérémie et les noms de ceux qui t'ont pris ta famille, quand tu te voyais déjà acheter un fusil pour aller les trouver, souviens-toi ce que je t'ai dit… N'imagine pas une seconde te venger seule de ces monstres-là. Ne compte pas non plus sur la justice des hommes. Tous les juges de paix de ce pays sont corrompus, complices jusqu'au fondement même de leurs os et ils sont les plus à plaindre devant l'histoire. Nul n'est censé ignorer la foi ! lance Aristide, un doigt pointé vers le ciel. Je te l'ai dit, on ne lutte pas contre l'Antéchrist avec un rameau d'olivier. Il faut faire preuve d'imagination contre les malfaisants. Changer les termes de l'équation nécessite de parler leur langue tout en les redoutant. Je ne dis pas que c'est la condition de la libération mais il faut oui ruser. Tout du moins en Haïti...

Et l'écoutant, Sybille repense aux chats sous le porche aux ordres du curé. Les ennemis de mes ennemis. Tout fait sens soudain et elle est prise d'un vertige.

— Jacques est un être tout à fait surprenant. Plus intelligent et prudent que la plupart de nos adversaires, sûrement plus implacable qu'eux à sa façon. C'est un être tout aussi doué que toi incontestablement, bien que vous ne portiez pas les mêmes valeurs. Que *nous* ne portions pas les mêmes valeurs, se reprend le curé. Je ne me suis jamais mêlé de ses affaires. Personne n'a barre sur ce genre de garçons de toute façon. Mais il m'a fait la promesse de ne pas utiliser son influence et ses hommes contre les bonnes gens de notre communauté. Il tiendra parole. Jacques n'est pas mauvais même si ces actes sont très condamnables, c'est vrai. Mais toi qui le fréquentes désormais, tu comprends ce que je dis.

— Oui, souffle Sybille, bien obligée de reconnaître que le curé dit vrai.

Jacques est un brigand, de la plus violente espèce, l'un de ces profiteurs de malheur qu'elle a toujours haïs. Mais il n'est pas que cela. Elle ne peut le nier. Jacques agit sans se soucier de ce que les autres attendent de lui. Il fait son chemin mais avec elle il est, oui, gentil et bienveillant. Et bien plus que cela... s'il fallait tout dire à Aristide.

— J'ai aussitôt pensé à lui pour t'aider contre ces nazis. Il a ma confiance et surtout il a la méthode, fait le curé un léger sourire aux lèvres. Mais jamais, Jésus, jamais je n'aurais pensé que vous en aviez après les mêmes gens ! Ces *tèt kale*, cette Rosalie sanguinaire... c'est insensé cette coïncidence ! Un écrivain n'aurait pas fait mieux et je vous ai pourtant réunis. Alléluia, ma fille !

— Oui, merci à Dieu ! Ces macoutes sont du chiendent. Un pied dans la drogue, un autre dans la politique. L'argent les a maintenus debout, ces zombis, mais bientôt ils iront manger leurs morts, je promets. Et Jacques m'aidera.

— Alléluia, ma fille !

1971

Port-au-Prince.

Dans le vestibule de l'aile orientale du palais de la nation, assise sur le même canapé rouge qu'elle occupait un mois plus tôt, Rosalie attend. Elle a donné congé à Sony : elle fera appeler le macoute Ariel pour venir la chercher une fois son entretien terminé. Faber, l'hypocrite factotum du président, ne s'est pas montré cette fois, et c'est l'un des huissiers qui l'a sans un mot menée du perron au premier étage du palais, jusque dans l'antichambre de la présidence. Rosalie s'est depuis longtemps renseignée sur Faber Ignatius dont elle se méfie comme d'une forme élémentaire de la peste. Les informateurs de Rosalie lui ont certifié que Faber a tout récemment profité de sa position pour obtenir un très gros prêt de cent vingt mille gourdes auprès de la banque d'État à un taux ridiculement bas et sans vraies garanties de recouvrement. L'argent doit apparemment servir un obscur projet de reprise agricole avec un céréalier américain. Rosalie ne sait pas si Papa Doc est au courant de l'existence de ce prêt et de cette collaboration entre son conseiller personnel et cet Américain. Max lui a aussi parlé de cette rumeur persistante qui dit Faber payé par la CIA pour espionner François Duvalier. Les *tèt kale* ont aussi rapporté que Faber est un pédéraste. Un matin, un volontaire a aperçu par hasard le conseiller avec une très jeune *grimelle*[1], main dans la main, devant sa villa du quartier de la Montagne-Noire. Au moment de passer devant eux en voiture, le macoute a constaté que, en fait de jeune femme, il s'agissait d'un jeune garçon travesti. Interrogé par Rosalie en personne, le macoute a craché à terre en jurant qu'il avait vu d'assez près le garçon pour ne pas se tromper. Il a même ajouté qu'il avait vu la bosse de son sexe que caressait Faber en guise d'au revoir. Rosalie a consigné ce détail dans un coin de sa tête au cas où cette petite indiscrétion pourrait lui servir en temps utile. Officiellement, le régime de Duvalier range l'homosexualité au rang des vices importés par les Occidentaux. Pour contenter les curés anglicans et l'épiscopat catholique, François Duvalier a plusieurs fois pris la parole en public ou à la radio. Il a cité le Lévitique et mollement condamné « l'abomination » contraire à la famille haïtienne. En coulisse, Papa Doc est tolérant avec ceux qu'il surnomme les « autruches ». Il sait surtout que nombre de ministres, de parlementaires ou de prêtres dont il a besoin sont des *masisis*[2]. Homosexuel ou non, agent ou non des Américains, Faber est nuisible à Rosalie car il lui fait obstacle. Au détour de sa conversation imminente avec Papa Doc, elle n'hésitera pas à évoquer les différentes casseroles du conseiller pour se débarrasser de lui. Mais, comme la dernière fois, le rendez-vous tarde. Avant qu'il sombre dans le coma, Max a appelé le cabinet du président pour hausser le ton comme le font tous les proches du pou-

1. Terme péjoratif donné aux femmes mulâtres.
2. « Homosexuels » en créole haïtien.

voir à la moindre contrariété. Et depuis son hospitalisation, le président leur a envoyé une lettre dactylographiée, mais signée de sa propre main, pour soutenir dans l'épreuve son ancien compagnon de la faculté de médecine. « Ton rétablissement est une priorité nationale. Affectueusement. Ton président et fidèle ami, François », concluait la lettre portée à leur domicile. Le courrier, que n'a pu lire Max, a ému et rassuré Rosalie. Elle ne peut pas concevoir que le rendez-vous du jour n'aura pas lieu. Le président doit être occupé. Elle prend son mal en patience.

À cette heure avancée de l'après-midi, Rosalie ne risque pas de croiser les collègues de son mari au palais car ce n'est pas jour de Conseil. Au premier étage, elle n'aperçoit que les deux soldats affectés chaque demi-heure à la ronde des appartements de la famille Duvalier. Une demande expresse de Simone, l'épouse du président, qui vit comme son mari dans la crainte permanente d'un attentat. En attendant, Rosalie égrène les sujets qui la préoccupent et la meilleure façon de les aborder avec le président. À contrecœur, elle a rédigé une proposition de liste de condamnés à mort qu'il serait bon de gracier pour obtenir des faveurs diplomatiques. L'idée de transiger la révulse mais elle n'a pas eu le choix. Le sujet brûlant concerne le devenir d'anciens proches du président ou d'intellectuels revenus discrètement des Amériques ou de la France dans l'espoir de jouer un rôle. Ce sont eux qui propagent le poison des fausses informations pour discréditer le père de la nation. Les naïfs… Tous ces apatrides financés et manipulés par les États coloniaux sont identifiés. Leurs habitudes, leurs relations, leurs différentes adresses en Haïti sont connues des macoutes de Rosalie. Elle et les *tèt kale* n'attendent qu'un mot pour commencer le travail et s'occuper d'eux.

Rosalie entend de l'activité dans le bureau voisin, juste

derrière elle, comme un gros meuble que l'on déplace. Elle sort de ses pensées pour reprendre contact avec le réel. Beaucoup de temps s'est écoulé. Mais en est-elle sûre au fond ? Dans la précipitation, Rosalie n'a pas pris sa montre. À cet instant, elle est incapable de mesurer, même approximativement, depuis quand elle est arrivée. Par un prodigieux procédé, les secondes s'écoulent différemment dans ce vestibule. Cette architecture patricienne, ces hauts murs blancs, ces tableaux militaires à la gloire des héros de l'indépendance, jusqu'à ce velours rouge au sol, tout ce décorum fait diversion. Le temps s'étire ici selon une règle inconnue et l'absence d'horloges à l'étage renforce ce sentiment. Le plus haut lieu de pouvoir de la première République noire de l'histoire de ce monde est englué dans un passé parallèle. Vulnérable au changement. Sans vraie raison, Rosalie repense soudain à ces étranges enfants costumés qu'elle a bel et bien vus à Fort-Dimanche, puis chez sa mère, quand émerge un petit homme de la pénombre du couloir : François Duvalier.

— Ah, mais alors ! Rosalie ! Tu es là ? Comment va ? dit Papa Doc presque enjoué. Et Max ?

— Max va bien, François. Il est en soins à l'hôpital militaire. Il a reçu ta lettre.

— C'est bien. C'est bien. Je compte beaucoup sur Max pour la suite des événements. Il faut continuer de gouverner ce pays avec expérience, n'est-ce pas ?

— …

— Max m'apportera ses lumières, c'est certain, fait Papa Doc en saisissant ses grosses lunettes à montures noires pour les nettoyer avec un mouchoir. Il faut que je te laisse un moment, Rosalie, pour régler un détail important de finance nationale, comprends-tu ? De finance nationale…

Et il insiste lourdement sur ces derniers mots en chaussant à nouveau ses lunettes, tout en fixant, grave, Rosalie de ses yeux globuleux.

— C'est que, François, je t'attends depuis un moment pour parler au sujet de nos détenus… réagit Rosalie.

— Oui, Rosalie. C'est entendu, oui. Les détenus. Oui, c'est cela… À tout à l'heure, donc.

Et Papa Doc reprend la direction de son bureau à petits pas. Au même instant, l'un de ses conseillers qui semblait avoir perdu sa trace vient le rejoindre et ils disparaissent dans le tréfonds de ce couloir.

Rosalie a l'estomac retourné. Le seul fait d'avoir revu le père Duvalier après tout ce temps l'a ébranlée. Bien sûr, il lui faut encore attendre mais rendez-vous est pris. Tout cela n'est plus qu'une question de minutes. Et pourtant, quelques heures plus tard, elles sont à nouveau deux sur ce canapé rouge. Rosalie et la petite bête du doute qui s'est hissée tout contre elle. Rosalie ne lui adresse pas le moindre regard. Sa pensée vibre comme battent les ailes d'un frelon énervé. Tout le récent chaos de sa vie se cumule en un mouvement furieux. Une colère telle que le mot « colère » est insuffisant à résumer son état.

Rosalie se lève d'un bond et prend la direction du couloir d'un pas lourd. Elle marche de plus en plus vite. Elle pénètre dans le couloir présidentiel en écartant les tentures rouge et or. Ses yeux s'habituent au noir et ce n'est finalement qu'un couloir comme les autres. La peur idiote de ce boyau sombre, et de toutes les menaces qu'il porte, s'envole. « Derrière tous ces murs, pense Rosalie de plus en plus sûre d'elle, il y a des traîtres comme Faber qui attendent un châtiment. » Rosalie s'attend à être interceptée, mais personne n'apparaît. Elle atteint la double porte capitonnée du bureau du président et entre sans frapper.

Papa Doc est là, à une dizaine de mètres, à son bureau. Seul dans cette pièce immense, une loupe à la main, il inspecte une masse de documents répandus devant lui. Quand Rosalie ferme sèchement la porte, il lève les yeux vers elle et la reconnaît aussitôt.

— Ha, Rosalie ! Mais que fais-tu là ? On ne m'a pas prévenu...

— Je... Je suis venue... Pardon ? bredouille Rosalie dont la colère retombe comme s'effondre un château de cartes.

— Et Max, comment va Max ? Il se remet, m'a-t-on dit, à l'hôpital militaire ? J'ai donné des instructions pour que les meilleurs professeurs soient à son chevet. Nous avons besoin de lui. Viens donc là Rosalie, j'ai à te montrer quelque chose.

Rosalie obtempère. Il est des moments où l'absurde est tout-puissant. Il donne ses ordres. Toute résistance devient futile. Elle sait que la seule et vraie rumeur qui parcourt le pays de ses profondeurs à son point le plus haut, c'est qu'Haïti s'est donné à un fou. Elle le sait mais elle a toujours chassé au loin cette injure et fait taire par la force ceux qui osaient l'affirmer. Lors des interrogatoires à Fort-Dimanche, les détenus qui se savent condamnés n'hésitent pas à cracher sur les Duvalier et leur santé mentale. Mais jamais, même en cet instant, Rosalie ne veut douter de son président. Son propre désordre n'est pas celui de tout un pays. Ce n'est pas discutable.

Rosalie rejoint Papa Doc à son bureau. Sous le faisceau d'une lampe, il examine avec sa grande loupe une impressionnante collection de cartes et de gravures anciennes en parfait état. Il y en a des centaines jetées devant lui. D'autres attendent, rangées dans de petits bacs en carton ou en bois. Certaines cartes éparpillées, des aquarelles, portent les couleurs d'origine peintes à la main. Toutes montrent l'histoire de l'île d'Hispaniola depuis les Espagnols jusqu'aux Français. Des paysages de l'île de Saint-Domingue, des illustrations des premiers indiens Arawaks, des gravures montrant la traite et le travail des Nègres dans les habitations françaises, des vues de la rade de Léogâne ou de Port-au-Prince, des scènes de guerre, la révolte des esclaves, des portraits des pères fondateurs. C'est, dans ce pêle-mêle d'estampes et de dessins, toute l'histoire d'Haïti réunie en images depuis son origine. Rosalie regarde, fascinée, toutes ces cartes magnifiques en même temps qu'elle épie Duvalier manipuler les documents. Derrière ces lunettes à gros foyer, les yeux du président roulent et brillent comme s'il contemplait sous le verre grossissant un trésor de pirates fait d'or et de rubis. En réalité, Papa Doc contemple la collection personnelle de cartes et de gravures de Grégoire Martial, un député qu'il a fait assassiner deux mois plus tôt pour avoir contesté publiquement les résultats de son référendum. En mettant à sac sa maison, en prenant sauvagement leur impôt sur la bête comme ils le font chaque fois, les tontons macoutes ont fait cette découverte fortuite. Ces milliers de vieilles images du passé n'avaient aucune valeur à leurs yeux. Elles auraient dû partir en fumée. Mais l'un de leurs supérieurs, avisé de la passion de Papa Doc pour l'histoire, en décida autrement. Aujourd'hui, ces cartes obsèdent le président.

— Regarde, Rosalie. Voilà ce que je voulais te montrer ! fait Papa Doc en saisissant plusieurs illustrations rectangulaires. Celle-ci est très intéressante. C'est une gravure française de 1802 ! Regarde bien la légende…

Rosalie se saisit de la carte et l'observe tandis que Duvalier cherche déjà une autre gravure à lui montrer. La scène se déroule dans une habitation sucrière. Sur la droite de l'image, trois esclaves noirs armés l'un d'un fusil, l'autre d'une hachette et le dernier d'un sabre, avancent vers un autre Noir sur la gauche, sans arme et qui lève les bras. L'esclave aux bras levés s'interpose de tout son corps tendu pour protéger un colon blanc en redingote terrifié sur le pas de la porte de sa maison. « Blanc bon pour Djolibah, Djolibah bon pour Blanc, vous tuer moi, non tuer lui », dit l'esclave aux assaillants. Au second plan, on voit de la fumée et d'autres esclaves en mouvement, arme au poing.

— Et celle-ci ? fit Duvalier. Le dessinateur est hollandais. C'est la même époque. Regarde l'expression des visages, Rosalie ! Regarde ! N'est-ce pas extraordinaire ?

La gravure est en bien meilleur état que la précédente. Elle présente sensiblement la même scène, mais avec une nature plus luxuriante. À droite, surélevé sur un monticule, un esclave à la peau claire armé d'un long couteau protège son maître, un Blanc coiffé d'un haut-de-forme noir qui porte le costume des bourgeois français de la fin du XVIIIe siècle. Plus bas, sur le chemin montant à la plantation, arrive une colonne de Nègres armés de fusils. Leurs visages graves sont tous braqués sur leurs futures victimes et dans ce face-à-face, là encore, seul le colon blanc est éprouvé par la peur. Rosalie repose la gravure sur le bureau. Comme l'écrasante majorité des Haïtiens, elle ne connaît que des bribes de l'histoire vertigineuse de son pays. Elle n'a jamais eu le goût de questionner le passé ou d'y chercher l'inspiration. L'étude de l'histoire lui paraît même un luxe attentiste, hérité des Blancs, une passion poussiéreuse face aux menaces bien présentes qui guettent Haïti. Pour Rosalie, l'histoire se limite à quelques dates en gras sur un calendrier et aux noms de personnages célèbres dont elle ne connaît pas vraiment la valeur ni les faits d'armes. Chaque Nouvel An, comme ses compatriotes, elle mange un peu de soupe au potiron pour marquer le jour de l'indépendance. Chaque 18 novembre, elle est tenue d'envoyer ses bataillons de tontons macoutes faire respecter l'ordre en ville, leurs mitraillettes israéliennes à la main, durant le traditionnel défilé militaire du jour de l'Armée. Rosalie ne sait pas que ce jour férié commémore aussi la victoire de 1803 à Vertières, quand un ancien esclave noir devenu général du nom de Jean-Jacques Dessalines a taillé en pièces les troupes de Napoléon et ouvert la voie. Par petites touches, Max a tenté de lui raconter quelques grandes pages du singulier roman national haïtien, mais cela ne l'a jamais autant intéressée qu'en cet instant privilégié et baroque au côté de François Duvalier. Rosalie, captivée, en a oublié la raison de sa venue au palais.

— Tu vois, Rosalie, dit Papa Doc de sa voix lente et nasillarde en cherchant d'autres gravures sur son bureau, si ces Nègres défendaient leurs maîtres au péril de leurs vies, ce n'est pas par héroïsme ou par pitié. Ce n'est pas parce que certains étaient croisés avec des Blancs. Non, non… C'est qu'ils étaient programmés, comprends-tu ? C'est tout un art de programmer un homme. Il en faut du temps et de la patience. Il en faut de la brutalité pour le vider tout à fait de sa fierté d'être libre. Songe un peu à cela… Il ne suffit pas de l'humilier ou de briser son corps par tous les moyens comme le faisaient ces propriétaires blancs. Il ne faut pas simplement lui faire miroiter d'épargner sa vie, celle des siens ou de lui rendre un jour sa liberté. Non, non… pour programmer un homme à rester coûte que coûte un esclave, il faut aller beaucoup plus loin. Il faut marcher un long moment avec lui dans l'horreur pour atteindre une région archaïque et défendue qui ne se trouve sur aucune carte. Et dans cet endroit terrible, il faut aider cet homme à se décharger de sa liberté, comme l'on se dévêt de sa peau ou d'un manteau chéri. Il faut décharner son âme jusqu'à lui faire oublier son nom. Il en faut, des générations entières nées avec le mors entre les dents, pour que certains d'entre nous acceptent de chevaucher la bête, reprend Papa Doc. Ceux-là, plus rien ne les distinguait de l'animal domestique, mais pourtant ils avaient la conviction d'être meilleurs que les autres. Ils se croyaient différents. Cette gravure raconte cela. C'est pourquoi elle m'intéresse au plus haut point.

Papa Doc fait une longue pause. Ses lèvres épaisses esquissent un sourire presque vicieux qui perturbe Rosalie. Par les fenêtres, le soleil caraïbe incendie l'espace du bureau de ses doigts infrarouges. Sur les gravures hurlent les personnages du passé. Des esclaves avancent, ventre ouvert, entre les fougères de la Ravine à Couleuvres pour donner l'ultime assaut. Un officier blanc à moustache s'arc-boute dans le vide alors qu'il est pendu haut et court par des indigènes hilares en uniforme. Un esclave donne le fouet à une femme noire attachée nue au sol par quatre piquets sous l'œil nonchalant d'un planteur. Rosalie manque d'air. Elle sent la masse du palais national s'enrouler comme un immense charançon autour de cette pièce, de cet homme. Tout concourt à la folie.

— Reprends la carte, Rosalie. Regarde bien… Est-ce que tu vois ce que je veux dire ?

Rosalie reprend la carte sur le bureau et l'examine de plus près. Elle est plus nette que tout à l'heure.

Le jargon mystérieux de Papa Doc éclaire la gravure d'un jour nouveau. Le paysage et les visages des personnages s'animent sous ses doigts. Rosalie imagine désormais la vie de ce Nègre avant qu'il décide de protéger le colon sur le point d'être lynché. Elle scrute surtout le bourgeois et cherche dans ses traits apeurés ce qui lui a permis de transformer cet homme en un esclave pour l'éternité. À aucun moment, Rosalie ne fait dans sa tête le parallèle avec la violence qu'elle et ses tontons macoutes emploient chaque jour, au nom de ce pays et de l'homme qui lui parle.

Papa Doc se tourne vers elle en lui tendant une autre gravure. Rosalie s'en saisit.

— Celle-ci est pour toi, dit le président. C'est une reproduction de Toussaint Louverture, le père de la nation, quand les Français le faisaient crever à petit feu dans une prison sur la montagne. Le Jura, on dit là-bas. Il y est mort de froid en pensant que tout était perdu pour Haïti. Y a-t-il homme plus illustre que celui-là ? lance fort François Duvalier à travers le bureau comme s'il s'adressait soudain à la foule. Et pourtant Rosalie… Toussaint Louverture aussi a protégé son ancien maître. Il l'a aidé, lui et sa famille, à fuir vers les Amériques. Tout est si compliqué, soupire Papa Doc en prenant sa tête entre les mains.

Il est soudain très abattu.

Rosalie s'apprête à lui parler quand une porte s'ouvre brusquement derrière elle. L'homme un peu gras qui en surgit sursaute en apercevant Rosalie, seule, au côté du président. Son visage se courrouce dans l'instant. C'est le médecin personnel de Duvalier.

— Mais quc faitcs-vous là ! bredouille, affolé, le médecin en se précipitant vers Papa Doc. Qui vous a permis d'entrer ! Madame Duvalier a donné des consignes très strictes ! Depuis combien de temps êtes-vous ici ? Faber ! Faber ! hurle-t-il en direction des bureaux voisins.

Il contourne Rosalie comme l'on contourne un meuble, quelque chose d'inerte, et prend le président par les épaules, l'obligeant à se lever.

— Votre Excellence ? Monsieur, venez par ici. Nous devons nous reposer. Venez… Nous ne devons pas travailler, vous le savez, et en aucun cas nous concentrer dans des discussions inutiles, fait le médecin en se retournant méchamment vers Rosalie.

Curieusement, Papa Doc se laisse faire, guidé par le médecin vers la porte du fond laissée entrebâillée. Le président bredouille :

— Oui, oui… je sais… je sais… mais les Nègres montent vers l'habitation ! Comprenez-vous ? Ce n'est pas anodin, cela ! N'est-ce pas, Rosalie ?

Rosalie ne trouve en elle aucune des ressources qui lui permettent habituellement de réagir à l'imprévu. Elle ne trouve pas même l'énergie de se vexer face à ce charlatan méprisant qui ne l'a pas reconnue. Spectatrice sans force, abasourdie. L'homme entraîne le président hors d'atteinte, toujours plus loin vers la porte et les appartements des Duvalier. Papa Doc claudique et répète :

— Quel attentat ? Quel attentat ?

— Voyez ce que vous lui avez fait ! lance le médecin à la face de Rosalie. C'est intolérable ! Je vais tout rapporter à Madame la présidente ! Je vais tout lui dire, entendez-vous !

Un conseiller, qui n'est pas Faber, entre par la porte opposée, celle du couloir présidentiel par laquelle Rosalie est entrée. Il se dirige à grands pas vers elle et lui dit, tout en la raccompagnant fermement vers la sortie du bureau :

— Il eût mieux valu attendre, madame, que l'on vous appelle. Le rendez-vous est annulé, j'en ai bien peur.

Sonnée, Rosalie se laisse escorter hors du bureau. Avant de franchir le pas de la porte, elle jette un regard en direction de Papa Doc. Il a disparu.

1986

Jacques a amené Sybille dans une crique prodigieuse au sud de Saint-Marc que les initiés atteignent à pied en empruntant un escalier en partie taillé dans la roche. La plage de sable roux est éloignée de la route. On n'y entend que le râle des vagues et le vent ébouriffer la coiffe des cocotiers. Tout au plus quelques oiseaux querelleurs et au loin des cris d'enfants, là où une petite famille du coin a décidé de pique-niquer. Ce bleu lapis-lazuli de la mer, on ne le trouve qu'ici. C'est le fond volcanique qui s'éclaire et s'annule à mesure que le soleil joue avec l'horizon. Jacques et Sybille sont allongés sur le sable, somnolant sur une serviette après avoir nagé. L'un dans l'autre, or et noir, enlacés comme un complexe nœud marin. Moïse et quelques hommes veillent tout en haut sur le parking. C'est la fin de la journée. On envisage déjà le repas dans un restaurant voisin, une cantine tenue par la femme d'un routier. Une révolution serait en cours qu'on ne l'entendrait point de ce côté d'Haïti.

Et pourtant, la roue tourne vite et fort. Bébé Doc était président à vie. Il n'est plus qu'ex-chef d'État en exil. À bord d'un avion de l'US Air Force, il atteindra tout à l'heure Grenoble. Sa femme a déjà réservé une suite sur la Riviera, se moquent les diplomates français à Port-au-Prince. Et pour nos amoureux, la roue tourne également. Sybille et Jacques ont tous deux voulu ce grand chambardement mais chacun a ses raisons. Pour Sybille, toutes ces années de lutte acharnée avec ses camarades étudiants ont finalement payé. Quand les journaux du monde entier affirment que Washington a mis fin à la dictature, Sybille s'étrangle. C'est bien une grande lame de fond populaire, des centaines et des centaines de martyrs, morts dans la poussière et l'anonymat, qui ont tout fait basculer. Des Haïtiens de toutes les origines, débarrassés de la barrière de la race, ont voulu ce changement. Quoi qu'il advienne plus tard, ce moment leur appartient. Elle le racontera à ses enfants et à ses petits-enfants.

Mais pour Sybille, la roue tourne encore plus vite aujourd'hui. Tout à l'heure, sur la plage, Jacques lui a raconté ce qui s'est passé au carnaval de Jacmel. Lui et ses hommes ont tué trois des assassins de sa famille sans qu'elle ait eu à lever le petit doigt. Et pour asseoir son grand projet entre Haïti et les États-Unis, Jacques s'est promis d'éliminer les *tèt kale*, les uns après les autres pour remonter jusqu'à cette femme, cette Rosalie. Sybille ne dit toujours rien à Jacques. Trois vieux tortionnaires macoutes sont morts à cause d'elle et que ressent-elle ? « Je le saurai quand tout sera fini », pense Sybille en son for intérieur. Elle se souvient de Jérémie, de tous ces gens qui ont aimé et respecté sa famille. Ses fondations se remettent à trembler. « Je n'aurai de cesse de te retrouver, pense Sybille collée au corps de Jacques. Je ruinerai ma vie s'il le faut pour te donner la mort. Terre-toi, madame. Terre-toi bien dans ta retraite car tu profites de tes derniers moments. J'ai réinventé la foudre et ce nuage au-dessus de ta tête est pour toi. »

Et comme si cette journée n'était pas déjà pleine comme un œuf, Jacques ouvre pour elle un autre livre dont là aussi il manque les derniers chapitres. Il y est question d'un incroyable trésor caché par Duvalier père dans un repli secret de l'île. Jacques ne croit pas vraiment à cette fable, mais il assure qu'avant de mourir le *tèt kale* n'a pas menti sur un point : Rosalie et ses hommes recherchent ce trésor des Capois sans relâche depuis des années. Le cerveau de Sybille s'échauffe. Elle prend la nouvelle au sérieux.

Après ses séjours à Jérémie, Sybille a fait le même travail d'enquêtrice avec les tortionnaires de ses parents. Elle s'est mise à traquer la moindre information sur les *tèt kale*. La plupart de ces hommes ont encore pignon sur rue. Avec ses réseaux militants, il ne lui a pas fallu longtemps pour les identifier et les localiser. Il y a Sony, Gérard, Ariel, Romélien, Abel et Colonel Williams. Mais leur chef Rosalie reste introuvable. Au mitan des années 1980, l'ancienne patronne de Fort-Dimanche a pris la fuite. Aux États-Unis ou en Martinique, disent certains. Peut-être parmi le flot des migrants, suggère le père Aristide. Avec dégoût, Sybille entre dans la vie de Rosalie. Pour elle, cela devient même une obsession. En prenant soin de ne pas être confondue par les *tèt kale*, elle retrouve certaines des victimes de Rosalie, d'anciens détenus, des communistes, des homosexuels, des intellectuels ou de simples ouvriers, ceux qui ont réussi à ne pas crever dans cette prison. Elle s'entretient avec eux et cette plongée dans la réalité de Fort-Dimanche chaque fois l'éprouve. Parfois, leur récit atteint comme des pics dans l'horreur et Sybille exprime parfois ses doutes. D'un geste ses interlocuteurs lui dévoilent leurs odieuses brûlures, leurs cicatrices pour attester. Sans pudeur. Parce que ne pas être cru représente pour ces gens abîmés le dernier des cauchemars. Petit à petit, Sybille assemble une image de Rosalie, pour mieux la haïr. Au-delà de la rumeur et de sa réputation, elle s'imprègne de sa personnalité. Elle comprend son exercice du pouvoir, sa place sur l'échiquier, sa façon de parler aux gens, jusqu'à ses petites habitudes. Ce que ne sait pas Jacques, c'est que la chef des tontons macoutes concurrence les services de renseignement. Elle est parfaitement à jour sur tous les opposants, mais aussi sur toute la clique politique qui l'entoure et la redoute. Elle connaît personnellement le président François Duvalier. Cette femme si proche du pouvoir perdrait-elle les dernières années de sa vie à chercher un trésor sans l'assurance de son existence ? Sybille n'y croit pas. « Et si cette malle de la honte, toute cette fortune spoliée, était une formidable opportunité de rendre aux Haïtiens et à la résistance un peu de leur vie ? s'enflamme intérieurement la mulâtresse. Et si la mort de tous ces démons permettait cela ? »

La nuit finit de tomber sur la plage des amoureux. Jacques et Sybille se connaissent depuis trois mois maintenant. Leur dyade est une poussière, un coup de vent à l'échelle de ce siècle tourmenté, mais même un court instant, cette grâce aura eu sa place sous le tropique du Cancer. Jacques embrasse Sybille en lui signifiant tout son amour du regard. Il est des moments fugaces de la vie où la femme, l'homme, se sent en rythme avec le reste du monde.

1971

Prison de Fort-Dimanche.

Les surveillants font irruption dans la cellule n° 6. Ils gueulent et se gênent les uns les autres au moment de passer la porte tant ils sont pressés de mettre la main sur le prisonnier. Les trois premiers le rafalent aussitôt de coups de bâtons sous les yeux ébahis des autres détenus qui tous s'écartent du tumulte. Barthélémy entre à son tour, le bras armé bien haut. Les autres arrêtent un instant de frapper, le temps que leur surveillant chef abatte sa matraque sur le dos d'Amédée d'un coup unique, propre à étourdir un bœuf. Sous le choc, le corps du jeune citoyen d'Abricots est projeté à plat sur le sol. Et cela fait le bruit d'un grimoire jeté à pleine volée à terre. Il n'y a pas l'espace d'une pause dans la violence pour la horde en uniforme. Les surveillants saisissent Amédée par les pieds et ils le traînent en toute hâte du centre de la cellule vers le couloir, sans se soucier de son visage meurtri qui racle le sol. La porte claque et le bruit du verrou refermé à la hâte et à double tour marque la fin de cet épisode inattendu. Les camarades d'Amédée se regardent, le cœur glacé et sans un mot. Tout cela a été trop vite ou peut-être Amédée n'a-t-il jamais existé, pense l'un d'eux.

À demi assommé par les coups de matraque, Amédée est traîné par les surveillants dans la salle dite « des coffres », près de l'entrée du bâtiment central. Ce réduit de quinze mètres carrés, tapissé d'une cinquantaine de petits coffres rouillés hors d'usage dont les portes bâillent ou manquent, a été conçu pour entreposer les biens des familles des détenus durant le temps de leur visite. Mais de visiteurs à Fort-Dimanche, il n'y en a jamais eu. Du moins personne ne s'en souvient. Parce qu'elle est à l'opposé des cellules et que ses murs épais isolent du bruit, la salle des coffres est devenue l'endroit où Rosalie et ses surveillants « règlent les choses ». Barthélémy fait sortir trois des cinq surveillants encore présents hors de la pièce.

— Trop de monde ici ! leur dit-il tout en les raccompagnant vers la porte. Reprenez vos activités immédiatement !

Les hommes s'exécutent, visiblement déçus, et Barthélémy referme la porte. Il passe avec déférence devant Rosalie et rejoint les deux autres surveillants qui soutiennent Amédée à bout de bras. Ils ne sont pas assez de deux pour le porter, car Amédée est bien bâti, comparé à la majorité des détenus faméliques de Fort-Dimanche. Emprisonné depuis quelques mois seulement, il n'est pas tombé malade et n'a pas encore connu la vraie torsion de la faim. Amédée ne porte qu'un pantalon court en lin. La salle des coffres résonne de sa respiration hachée et de ses reniflements. Autour d'eux, l'air est chargé d'humidité et de l'odeur âcre de la sueur des surveillants. Dans sa tenue kaki, Rosalie observe Amédée avec la plus grande sévérité. Les mains jointes dans le dos, elle tient sa petite cravache qui se termine par un nœud. Face à elle, Barthélémy et ses subalternes se préparent à la suite. L'un d'eux se retourne pour confirmer que le tube de métal est bien là, posé contre un mur.

— Espèce de chien, dit Rosalie à Amédée qui est toujours évanoui, tu te permets de comploter de ma prison contre mes hommes ! Non seulement tu vas contre le règlement, mais tu jettes sur un papier le nom de mes volontaires en les accusant de crimes graves contre la population d'Haïti ! Quelle sorte de communiste es-tu, Amédée Pliorelle ?!

Les surveillants secouent Amédée pour le forcer à réagir. Au bout de quelques secondes, Amédée finit par lever la tête vers Rosalie. Il fait « non » de la tête.

— Tu contestes avoir écrit cette lettre signée de ton propre nom ! s'exclame Rosalie en se rapprochant d'Amédée toutes griffes dehors.

Sans crier gare, Rosalie ouvre la joue d'Amédée d'un coup de cravache.

— Rahhhh ! rugit Amédée. Je ne sais rien de tout ça ! Je... Je passais par là. Je ne suis pas de Jérémie, madame. Je ne connais rien de vos hommes. Si c'est eux que j'ai croisés là, je n'en sais rien. Je ne veux rien savoir. Laissez-moi aller, madame... implore Amédée.

Dans la lettre interceptée par les surveillants, Amédée a imprudemment parlé du massacre de Jérémie. Il a aussi décrit certains des *tèt kale* qu'il a aperçus ce soir-là. Les mêmes qu'il voit parfois déambuler dans les allées de Fort-Dimanche à travers les grilles de sa cellule. Ce qui l'enrage. Contrairement à Rosalie, Amédée ne sait rien des raisons de cette tuerie. C'est la peur d'un putsch militaire par de jeunes exilés qui a causé tout ce malheur. Papa Doc a pensé saper les forces de l'ennemi en allant décimer leurs familles à Jérémie. Pour Rosalie et ses hommes, ces morts ne représentaient rien ou pas grand-chose. Un détail de l'histoire dans tous les cas. Mais la vérité est têtue. Et ici à Montréal, là à Miami, ici à Brooklyn, là à Paris, les Jérémiens ont dénoncé l'horreur et murmuré à l'oreille des puissants. Prudent, François Duvalier a alors ordonné d'effacer toutes traces de ce qui s'était passé dans cette ville, ce soir d'août 1964. « Rien de cela n'a vraiment existé ? N'est-ce pas ? » avait un jour dit le président Papa Doc en croisant Rosalie au palais. Elle avait aussitôt compris le sous-entendu. Les ordres les plus importants de l'homme-hibou sont toujours formulés sous la forme de questions claires-obscures.

— Je ne suis pas un criminel, reprend Amédée tout bas. Madame, je n'entends rien à la politique. Je ne devrais pas être en prison avec ces gens.

— Ce n'est plus toi qui décides de là où tu devrais être, fait Rosalie en le fixant. Tu vas nous dire à qui tu as parlé de la nuit à Jérémie. Tu vas donner les noms. Rossez-moi ça ! lance Rosalie.

À ces mots, les surveillants réagissent aussitôt. L'un d'eux arrache le pantalon d'Amédée. Un autre prend le tuyau de cuivre au fond de la pièce. Quant à Barthélémy, il sort des liens de sa poche et noue solidement les chevilles et les poignets d'Amédée par-devant. Puis il le force à s'accroupir et à se recroqueviller sur lui-même, les jambes pliées entre ses bras. Un surveillant passe le tuyau sous ses genoux et les hommes s'écartent pour regarder le détenu. Nu dans cette position, Amédée tient l'équilibre quelques secondes sur la plante des pieds et finit par tomber sur le côté. Il ne forme plus qu'une grosse boule compacte traversée de ce tube de cuivre. Et dans cette position, seule sa tête peut encore bouger pour chercher désespérément d'où le prochain coup viendra. En étirant loin sa nuque, il trouve le regard noir de Rosalie.

— Pitié, madame ! hurle Amédée dans la salle des coffres. Dieu m'est témoin. Je n'ai rien fait !

Si Rosalie avait une seule fois pu s'élever de quelques mètres au-dessus d'elle-même, se voir respirer et agir sans être investie de sa propre vie, sortir de son corps en quelque sorte, elle aurait peut-être vu l'âpre réalité de l'instant, de son existence et de ce lieu qu'on appelle Fort-Dimanche. La prison n'est qu'une gare de transit entre les vivants et les morts. L'un des immenses hangars de ce siècle affolé où l'humanité a définitivement rétrocédé ses droits. Si, durant quelques secondes seulement, Rosalie s'était extraite de son enveloppe et de cette gangue de certitudes qui l'entoure, peut-être aurait-elle constaté l'étendue de son rôle dans cette entreprise d'autodestruction de l'espoir et de la liberté. Mais à l'instant où Amédée relève péniblement la tête vers elle, le visage ruisselant de sang, de morve et d'un peu d'eau souillée, Rosalie ne ressent rien d'autre qu'un puissant courant de haine contre cet homme. Elle est la vindicte et rien ne fait barrage.

— Rossez ! crie Rosalie dans la salle des coffres.

Les hommes se mettent à frapper Amédée avec leurs matraques. Et son corps nu se déforme de douleur.

Et c'est là qu'elle LE voit. À l'endroit précis où était posé plus tôt le tube de cuivre, son petit garçon se tient droit, les bras le long du corps. Dans son uniforme militaire bleu roi fermé par de gros boutons dorés, son pantalon blanc et ses souliers vernis à bouts carrés, Lafayette observe la scène, le menton fièrement levé.

— Je jouais au jonchet, dit-il à sa mère.

— Haaa !!! hurle Rosalie, effrayée, en reculant d'un grand pas.

— Tu m'as interrompu dans mon jeu ! dit Lafayette sur le ton du reproche. Maman, il faut arrêter cela tout de suite. Il faut que cela cesse maintenant et je peux t'expliquer tout ce qui va se passer désormais.

— Haaa !!! Haaa !!! hurle Rosalie, qui recule encore jusqu'à se retrouver acculée contre la porte d'entrée.

— Commande vite tes hommes que je puisse rejoindre mes copains, continue le petit garçon avec autorité tout en faisant le tour d'Amédée et des surveillants en sa direction. Tu le feras, n'est-ce pas ? Je reviens te parler bientôt, dit le petit le doigt vers elle.

Dos à la porte, bouche grande ouverte, gorge nouée, Rosalie fixe son fils Lafayette. Il est là. Tout simplement là, présent et incarné devant elle. Elle hurle encore et cherche à s'enfuir de la salle des coffres. Occupés par les cris d'Amédée et leur propre rage à torturer le malheureux, les trois surveillants n'ont pas remarqué la panique de Rosalie. Ils lèvent la tête au moment où leur directrice réussit enfin à ouvrir la porte. Rosalie trébuche dans le couloir pour heurter violemment le mur voisin. En se relevant, elle envoie un dernier regard terrifié vers Lafayette. Le petit garçon est toujours campé là. Il la fixe des yeux comme le font désormais les trois surveillants qui ne comprennent rien. Rosalie bredouille quelques mots incompréhensibles et s'enfuit à pied de Fort-Dimanche.

1949

Haïti, massif de la Hotte.

Il fait froid dans la forêt de nuages de Macaya. Aux pieds des arbres-majestés, la rosée ruisselle en réseaux sous le soleil du matin. L'humus dégorge de vie à toute échelle. Comme hier, comme il y a dix millions d'années, l'eau pénètre et féconde la jungle primaire d'Haïti par toutes les voies offertes. Et cette masse de terre, qui lentement se réchauffe, métabolise un brouillard aussitôt pris en charge par le vent ascendant de la plaine. Sous la poussée, la brume légendaire de Macaya s'arrache aux griffes des arbres géants pour rouler jusqu'aux crêtes et regagner le ciel en colonies de coton. Malgré le rideau blanc, les petits scouts de Gédéon du Carrefour progressent en rythme derrière leur guide. Lafayette au troisième rang.

— Du nerf, dit Mayolle au groupe en file indienne. Attention à ne pas vous prendre les pieds dans les racines ! La borne ne peut plus être bien loin, ajoute-t-il plus bas comme s'il se parlait cette fois à lui-même.

— Avance, espèce de cochon ! siffle un scout à son voisin.

— Ferme ta gueule ! lui répond l'autre.

— Ça suffit, rugit Mayolle qui cache mal son inquiétude. Vous allez vous taire ? Je dois trouver la borne.

Et disant cela, il se remémore contre son gré sa discussion avec Ismaël, trois jours plus tôt à Camp-Perrin. Dès le premier contact dans son baraquement, le garde forestier l'a pris pour un couillon de la ville. La différence d'âge ajoutait à l'affaire. Le vieux était agacé de ne pas avoir été prévenu de la nomination d'un nouveau scout responsable des excursions. Il trouvait ridicule l'idée de Mayolle de chambouler le parcours en quittant la corniche à mi-chemin pour relier le fort des Platons. Le vieux lui parlait sèchement mais sans s'énerver encore. Jusqu'au moment où il finit par comprendre que Mayolle avait choisi de se passer de ses services pour accompagner les enfants.

— Garçon, les travailleurs agricoles du bourg accompagnent les scouts de Gédéon depuis le tout premier bivouac de la Toussaint à Macaya. Tu n'étais même pas une graine, lui avait lancé le garde forestier.

— Je voudrais maintenant les gamelles et la morue séchée, monsieur Ismaël. Elles sont juste derrière vous.

Le vieux posa sur le comptoir les petits plats en ferblanc et la morue empaquetée.

— Réfléchis bien, petit, dit Ismaël plus bas pour ne pas effrayer les quelques scouts à l'entrée. Douze enfants à Macaya sans suivre la trace, et par ce temps, je dis que c'est mauvais. Tu veux finir avec eux dans un *twou bèf*[1] ? Tu dis connaître les grands fonds, mais personne ne t'a vu ici depuis longtemps. C'est ton idée du danger, ce chemin ? Et tu veux qu'on aille vous chercher après ? C'est ça ? a soupiré le garde forestier.

— Je veux les bâtonnets, monsieur Ismaël.

1. Trou à bœufs, une gorge dans le sol où tombe le bétail.

Le vieux tira deux petits fagots de canne à sucre et les posa devant lui. Mayolle s'en saisit.

— Tes patrons pentecôtistes sont au courant de tes plans ?

Mayolle l'avait alors regardé dans les yeux.

— Assez vieillard ! J'ai quinze bivouacs derrière moi dans la Hotte. La congrégation donne sa confiance aux meilleurs éclaireurs de Gédéon, ne sais-tu pas ? Je vais où je veux à Macaya, dit-il en marquant une pause. La raison, reprit Mayolle, c'est que là-haut ils ne veulent plus vous donner l'argent pour gonfler votre salaire chaque année. Voilà ce qu'il se dit, avait terminé le jeune chef scout en tournant les talons.

Mais Mayolle a menti. Les trois cent cinquante gourdes qu'on lui a remises pour régler le guide dorment dans une enveloppe au fond de son sac à dos.

Ce matin-là donc, le soleil laboure la forêt par le haut, mais au sol le brouillard reste maître des lieux. Il donne même l'impression d'avoir pris de la vigueur. Au quatrième jour du bivouac, le fier Mayolle est décidé à amener les louveteaux jusqu'au plateau Formond pour midi. Il faut faire mentir Ismaël. « Au diable les bornes couvertes à la chaux qui balisent le chemin. La corniche n'est plus très loin, se dit Mayolle, le brouillard finira bien par se lever. » Derrière, les petits scouts de Gédéon du Carrefour peinent dans l'ascension mais ne se plaignent pas. La forêt recèle de secrets et de dangers qui les excitent. De fleurs, d'insectes et d'oiseaux inconnus. La brume ajoute au mystère de l'endroit. Cette marche à tâtons dans la jungle n'est qu'un défi de plus sur l'agenda de leurs innombrables aventures. Et quand, à certains moments, ils n'y voient plus du tout, ils guettent les foulards bordeaux et or noués au cou de leurs camarades pour rattraper la ligne. Si l'un d'eux glisse, et c'est souvent, ça rit aussitôt dans les rangs, mais ils continuent de progresser en bons petits soldats.

Seul Lafayette ne rit pas. Non pas qu'il se fatigue ou éprouve de la peur, mais ses parents – Rosalie et Maxime – lui manquent depuis ce matin. Au réveil, sans raison, il a senti son cœur se serrer dans sa poitrine en songeant à eux. Un manque diffus puis autre chose, plus précis sur la carte de ses pensées. Il est persuadé que quelque chose de grave va arriver en son absence. Malgré la marche, cette idée ne l'a pas quitté. Et parce qu'il n'y a qu'un pas de l'inquiétude au pressentiment, Lafayette se sent de plus en plus coupable d'être loin de la maison.

Haïti est soulevé de grandes secousses et il les ressent jusque dans son corps d'enfant. Des forces inquiétantes, impossibles à contenir, se sont mises en marche. Une lutte sans merci entre classes, entre races pour prendre le pouvoir. S'emparer d'un palais blanc. La politique et l'histoire, ces choses beaucoup trop sérieuses, irriguent toutes les conversations à la maison. Elles prennent toute la place du matin au soir. Et même la nuit quand le grand salon se transforme en fumoir pour les invités de ses parents. Lafayette écoute tout. Entre les volutes de fumée des cigarettes surgissent des concepts étranges : bovarysme, marxisme, indigénisme. Parmi eux, un mot revient sans cesse : le noirisme. Et ce seul mot, comme la piqûre d'un frelon ou d'une drogue, provoque aussitôt des réactions insensées chez ses parents et leurs amis. Tous agitent leurs bras, parlent soudain plus vite, montent le ton. Ils enragent contre une multitude d'ennemis, oppresseurs, communistes et mulâtres, jusqu'à en devenir méchants. Ils souhaitent la mort autour d'eux. Ils citent des noms. Lafayette est effrayé. Ses parents, Rosalie et Max, ne jurent que par ces nouveaux amis du soir. Ceux qu'ils appellent les « griots ». Il y a Lorimer, Louis, René et ce vieux compagnon d'études de son père, le petit docteur François Duvalier. Celui-là a beaucoup d'influence sur ses parents. Lafayette ne comprend ni l'urgence ni la violence de toutes ces discussions, mais ils voient bien que Rosalie et Max y tiennent un rôle important. Né petit bavard, Lafayette a peu à peu appris à se taire et ne pas déranger ses parents lors de ces palabres. Pour plaire à son père, il a dévoré les grands livres d'histoire et joué les petits révolutionnaires en costume d'époque dans le jardin. Malgré tous ses efforts, il sent bien que la politique a emporté ses parents vers des rivages inquiétants où les enfants comme lui ne sont pas les bienvenus. Fini le temps passé en famille chez sa grand-mère. Envolées les balades avec son père sur les hauteurs de Pétion-Ville à chasser les insectes, les heures du soir à lire des contes ou rire sans raison sur le lit avec Rosalie en respirant son odeur. Lafayette a perdu l'attention de ses parents. Mais, au fond de lui, le petit garçon se sait capable d'immenses prodiges et il s'est juré de sauver ses parents de leur destin.

Le brouillard l'enveloppe. L'isole un peu plus dans son angoisse. Son corps avance, un pas après l'autre. Son cœur est, lui, orienté vers Pétion-Ville et ses parents. Il ne remarque donc pas que le camarade devant lui, dont il suit le foulard comme une lanterne, a depuis longtemps perdu la tête du convoi. Le soleil inonde soudain la canopée. Lafayette et les autres lèvent au ciel des yeux émerveillés. C'est à cet instant qu'a lieu le glissement de terrain. Au sol, un long triangle se détache du reste de la jungle sous le poids conjugué des enfants. Le manteau d'argile et de fougères détrempées fait un mouvement sec vers le bas, s'immobilise puis verse tout entier et à toute vitesse dans la bouche d'une gorge voisine. L'un de ces puits à bétail dont parlait Ismaël. Le gouffre de trente mètres avale la terre et les onze scouts un à un sans qu'aucun d'entre eux parvienne à se rattraper aux lianes et aux racines des arbres qui pendent dans le vide. Lafayette est le premier à tomber. On entend Mayolle hurler au loin, puis plus rien.

∴

Au milieu du cercle de pierres qu'ils ont aménagé, les petits scouts ont jeté des débris de bois et un toupet de lianes. À l'aide d'une boîte d'allumettes retrouvée dans une poche, l'un d'eux lance le feu. Le mélange végétal prend et les enfants s'assemblent tous autour du foyer en souriant. Certains se prennent par l'épaule. Au-dessus d'eux, la fumée monte en un filet presque bleu vers l'orifice béant de la gorge perdue. Tout là-haut, c'est la nuit. Les constellations tracent de fines moustaches blanches dans le ciel d'Haïti. Lafayette prend la parole, récite :

— Doucement s'en va le jour et notre feu de camp tient bon. Les scouts ont mis la flamme. Louveteaux de Gédéon, ai-je rempli ma journée ?

— Oui, répondent les enfants à l'unisson.

— Ai-je gardé l'honneur sauf ?

— Oui !

— Ai-je osé ce qu'il faut pour être prêt ?

— Oui !

— Puis-je dormir sans reproche ?

— Oui, disent les enfants noirs et mulâtres se prenant les mains.

Le feu crépite, mais aucun d'entre eux ne ressent la chaleur sur leur peau. Il est trop tard pour cela. Ce matin de brouillard, ils sont entrés dans la korale timoun yo alé. *Le chœur des enfants qui s'en sont allés. Était-ce le dessein de la forêt de nuages de Macaya ? Nul ne sait. Certains petits ont déjà accueilli la nouvelle tandis que d'autres, comme Lafayette, se pensent toujours de ce monde. Les scouts de Gédéon du Carrefour chantent ensemble. « Le conseil au clair de lune. » « Pour devenir patte-tendre. » « La chasse de Kaa. » « La fête de Baloo. » Et tous ces chants scouts qui les remplissent d'une joie simple. Avant de regagner d'autres endroits de cette île désolée, ils discutent autour du feu.*

— Toi, Lafayette, qu'est-ce que tu veux faire plus tard ? dit l'un d'eux.

— Je veux être médecin de la nuit.

— Qu'est-ce que cela ?

— Médecin de la nuit, répète Lafayette. J'irai au chevet des rêveurs. Prendre leur pouls pendant le sommeil. Estimer le temps restant avant l'éveil. Explorer le cours de leur pensée pour éviter l'incident. Le cauchemar dont on ne revient pas indemne. Je sauverai ma mère. J'en fais le serment.

— L'avisé. Nous t'appellerons l'avisé, dit le chœur des enfants.

1986

Région de Port-au-Prince.

Enfoncé dans le siège défoncé de sa Subaru, Moïse conduit de la main gauche à la manière de James Dean, faisant jouer un cure-dent entre ses lèvres. Sur ses cuisses, posé négligemment, un pistolet-mitrailleur PM-12 Beretta trafiqué. Dans la boîte à gants, un .38 spécial Smith & Wesson et une grosse liasse de billets pour se ravitailler en essence chez Texaco. Il y a peu de monde sur la route qui relie Saint-Marc à Port-au-Prince mais Moïse roule gentiment. Inutile de se faire remarquer. Les militaires ont décrété le couvre-feu ce matin. Le bordel va aller croissant dans la capitale et tout peut déraper pour un mot de trop, un regard, un sourire mal interprété. Jacques a tenu à ce que Moïse raccompagne personnellement Sybille jusqu'à la maison de ses parents adoptifs à Port-au-Prince. À l'arrière, la métisse observe en secret le géant débonnaire quand celui-ci se retourne en un éclair vers elle, lâchant le volant et la route des yeux. Sybille pousse un petit cri aigu.

— Tu devrais pas regarder les garçons comme ça ! gronde Moïse en la fixant, dos à la route.

Puis, au bout d'un moment, il éclate de rire et reprend le volant.

— Oh, Moïse ! Tu m'as fait peur, crétin !

— Faut pas regarder les garçons affamés comme moi, glousse-t-il.

— Comment savais-tu... ?

— C'est comme ça. Depuis toujours quand quelqu'un fixe mon dos, je sais. Les amis, les ennemis, c'est pareil. Je le sens. Je ne me trompe jamais.

— Très drôle, répond Sybille.

— Ne me crois pas si tu veux. Mais tu as ta mine chiffonnée, dit Moïse au bout d'un moment. Pourquoi tu t'inquiètes ? Parle à Moïse, chabine, et comme ça on pourra discuter jusqu'à la maison de tes vieux. Si elle est encore debout, ajoute-t-il en ricanant.

— Que va-t-il se passer ?

— On va éviter les balles en passant par Tabarre et je vais te raccompagner chez tes parents. Jacques t'appellera après.

— Non... je veux dire : après tout cela, qu'allez-vous faire ? Si vous éliminez ces macoutes, jusqu'où vont vous mener vos sales histoires ? Et que va faire Jacques ? Il repartira en Floride ? Ça, il ne me le dira jamais, mais toi, tu peux me l'avouer. Je sais où commence l'amour, mais je ne sais pas où s'arrête son ambition...

— Jacques va repartir, oui, puis il reviendra. Comme un petit poisson dans la roche, un coup il est là, un autre pas, fait Moïse en souriant. Notre cuisine repose beaucoup sur ses allers et retours entre Miami et ici. Je peux pas t'en dire beaucoup plus, ma belle. Ne t'inquiète pas, tu claques des doigts et il surgira comme Bouki ou Malice[1].

1. Duo de personnages des contes haïtiens.

— Et si ça tourne mal ? demande Sybille. Vous faites tous comme si ces macoutes étaient de vieux pantins, mais ils ont réussi à rester en place tout ce temps. Je me méfie de leurs coups fourrés. Je sais de quoi ces chiens sont capables !

Sybille se mord les lèvres, de peur d'en avoir trop dit. Mais n'importe qui ici sait de quoi la milice est capable et Moïse ne relève pas l'allusion aux parents de Sybille.

— Je suis comme toi, chabine, dit Moïse, je me méfie des hommes-bâtons. C'est des lâches, mais ces gens-là sont dangereux parce qu'ils tiennent la moitié de l'île par les couilles. Jacques t'a raconté comment les jumeaux libanais nous ont rejoints ? Non ? Je vais te dire. Y a trois ans, les deux ont hérité du commerce de leur paternel qui importait la morue salée par bateau. Quand leur vieux est mort, ils ont trouvé l'argent pour passer la vitesse supérieure. Ils se sont débrouillés pour importer la morue et tout le poisson séché en très grosse quantité et ils ont même organisé le transit de leur marchandise vers les villes. Tu me suis ? Ils avaient les crocs, les Libanais. Ils se sont mis à alimenter les grandes épiceries tenues par leurs cousins en ville. En moins d'un an, ils ont éliminé la concurrence dans tout le secteur des Cayes. Le fric rentrait de plus en plus et puis quelqu'un, quelque part, a décidé qu'ils étaient de trop. Et là, ça a été immédiat. Des macoutes du coin ont débarqué dans leur entrepôt avec des mitraillettes. Ils ont menacé leurs femmes, les chauffeurs. Ils volaient des convois. Ils ont tenté de foutre le feu à leur hangar. Les hommes-bâtons ont cru que ce serait simple mais quand il est question de leurs affaires, les Libanais se laissent pas faire. Ils étaient déjà un peu timbrés comme aujourd'hui alors c'est devenu la guerre. Ils protégeaient leur commerce et tiraient quand il fallait. Un jour, les macoutes les ont piégés en cachant de la cocaïne dans leurs bacs de morues salées. Une merde de coup monté avec la police qui débarque comme par magie ! Et personne ne les a aidés, tu peux me croire. Personne ! Pas même dans leur communauté. Tout ça parce que ces pourritures avaient terrorisé Les Cayes pendant vingt ans. Tout le monde était tenu par ces salauds. Les jumeaux libanais se sont cachés pour éviter la taule. Le temps que tout se tasse. Rien n'a été prouvé pour la drogue, mais leur boîte a été liquidée et rachetée par une saloperie de concurrent. Ça a démoli leurs vies. Ils ont tout perdu. C'est comme ça que Jacques les a recrutés. Ils étaient à poil à l'époque et il les a aidés à relancer un commerce contre quelques services. Aujourd'hui, tu sais dans quoi ils trempent avec nous… Tu vois, chabine, où ça mène, ce pays !

Du temps passe sans qu'ils parlent. Dans le poste de radio, Manno Charlemagne chante :

Cousin, il est temps de rentrer.
Cousin, quand tu passeras la frontière,
Même si tu ne rapportes rien,
N'oublie pas ta machette.

La voiture pénètre dans les faubourgs de Port-au-Prince. Ils croisent quelques camions militaires qui roulent à tombeau ouvert. Les rues sont anormalement vides. Les gens se terrent. Sybille guide Moïse jusqu'à la maison de ses parents adoptifs au Bois-Verna pour éviter la nationale et il finit par la déposer.

— Merci de m'avoir raccompagnée.

— De rien, chabine, répond Moïse et il ajoute : Je ne crois pas que votre petite révolution va changer quoi que ce soit… mais à partir de maintenant fais très attention à toi. Il va y avoir du très sale en ville. L'armée ne fera pas le détail. Les gens ont faim et ils seront prêts à tout pour manger ou pour se venger. Tu saisis bien ? fait Moïse, soudain très sérieux.

Sybille fait oui de la tête et sort de la voiture qui repart aussitôt. Sur le trottoir, elle regarde Moïse disparaître à l'angle tout en méditant à la dernière phrase qu'il a prononcée. Le jour se lève. Mais cette ombre autour d'elle ? Sybille n'a le temps de rien. Une main lourde se plaque sur son visage et sa bouche, l'empêche de hurler. Un bras lui enserre le ventre et elle est arrachée du sol, emportée. La main et le bras appartiennent au même homme. Le souffle et la sueur âcre de son agresseur tout contre elle quand il resserre encore sa prise à lui éclater les côtes. À grandes enjambées, le géant Thémistocle traverse la rue et la porte à l'opposé de la maison de ses parents. Il chuchote à son oreille :

— Maintenant, tu es à nous.

Sybille croise son regard de bête, mais ses cris étouffés ne réveillent personne. Quelques dizaines de mètres plus loin, une voiture blanche attend, le moteur en route, la porte arrière grande ouverte. Thémistocle entre et se jette sur la banquette, son otage contre lui comme s'il serrait un petit tronc d'arbre.

— Tu es à nous, répète le macoute en reprenant son souffle dans les cheveux de Sybille.

La peur va d'un point à l'autre de la jeune femme. Sous le poids de cet homme, elle ne peut pas bouger d'un pouce. À l'arrière de cette voiture, c'est un cheval sauvage entravé, incapable de s'opposer, dont on n'entend plus que le souffle qui s'échappe par ses narines dilatées.

— Allez, va ! dit Thémistocle au macoute qui conduit.

1986

Port-au-Prince.

Le bruit lourd des mitrailleuses se rapproche. Plusieurs centaines de mètres, quelques pâtés de maisons au plus, mais c'est comme si les soldats étaient déjà là, à arroser l'immeuble. Nul journaliste de passage ne parviendra jamais à retranscrire par des mots ce que l'onde de choc de cette machine de mort fait sur les gens. Chaque salve est un coup de boutoir contre l'avenir. Mais Jacques, Carlos et Michel continuent de boire comme si de rien n'était. Le trafiquant local, l'intermédiaire colombien et le gradé de l'armée d'Haïti sirotent le même rhum. L'un des redevables de Jacques, dont la famille aisée s'est exilée en France le mois dernier sentant le mauvais vent venir, lui a dit de disposer de cet appartement meublé. À charge pour Jacques de le protéger des pillards. La nouvelle de la chute du président Bébé Doc est tombée hier mais le trio n'a pas annulé le rendez-vous en centre-ville à deux pas du palais présidentiel. Tout s'écroule autour d'eux mais les trois reprennent des chips.

— Carlos a pris des risques, il faut bien le récompenser

un peu, dit Jacques en poussant un verre vers Michel. Où allons-nous sur cet accord, Michel ?

— Hum… Jacques, fait le militaire, je t'aime bien mais je ne vois pas pourquoi notre accord ne pourrait changer. Nous prenons tous des risques, pas vrai ? Au moindre souci, ton ami colombien prend le premier avion pour Bogotá et le voilà hors de danger, à déguster les pâtisseries de ses grands-parents. Moi, je reste ici quoi qu'il en coûte avec une avalanche de détails à régler, de petits soldats à faire taire et ma place réservée en bord de mer dans la prison de Fort-Dimanche. Comprends-tu bien ?

— Carlos sait tout cela mais il dit qu'il apporte le produit. Et que notre marché vaut 10 % de la valeur nette fixée par le cartel en début d'année. Pas un sou de plus, quels que soient tes problèmes.

Michel toise sans aucune animosité la bouille ronde du Colombien qui siffle son punch. Dehors, la mitrailleuse fait une pause. La jeep qui la porte et ses soldats cherchent sans doute une meilleure position pour tenir la rue.

— Et toi, qu'en penses-tu, Jacques ? fait le militaire.

— Je pense que Carlos ne s'installe pas chez nous avec femme et enfants, tantes et tontons, en plein bordel tropical, pour rien. Comme tu le vois sur sa chaise, ce gros lard de Colombien pèse une montagne de fric. En postant tes hommes sur la nationale 9 pour nous laisser travailler, tu comprendras. Les petits colis des *tèt kale*, ce sont juste des cendres à côté de ce que ces Latinos vont faire passer chez nous. On parle de dix à quinze fois plus de poudre blanche que ce que transitent les macoutes. Si tu as encore un peu confiance en moi, tu devrais accepter ce qu'il te propose. Dans ce repas, on est à l'apéritif, Michel. Rien qu'à l'apéritif.

— Hum… c'est très convaincant, fait Michel en trinquant avec Carlos.

— En revanche, continue Jacques, Carlos aimerait savoir ce qui se profile ici. Tout à l'heure, quand je l'amenais, il a été insultant avec moi. Il m'a dit qu'Haïti était un zoo peuplé de Nègres enragés. Il voudrait savoir si le départ du Bébé président entache notre accord et si tu seras toujours là dans quarante-huit heures ou dans un an ?

— Ça, c'est une bonne question, fait Michel en se resservant une rasade de rhum. Tu vois, juste avant de vous retrouver, je prenais la collation à l'état-major. On y mange bien. Tu peux expliquer au Colombien que l'avenir s'écrit ainsi : bientôt Bébé Doc sera interné chez les Français ou les Suisses. Les Duvalier, c'est fini et pour de bon. La suite, c'est nous, les militaires, qui l'écriront. Tout le monde est d'accord là-dessus. Tout ce qui se dit ici reste bien entre nous, cher Jacques ?

Jacques opine de la tête.

— C'est un général qui va prendre les choses en main, reprend Michel. Et c'est une très bonne chose, car il fait partie de nos amis.

— Cette pourriture ou une autre, peu m'importe. Mais toi ?

— Eh bien précisément, mon Jacques, quand les collègues auront fini de mater tout ce désordre, ce général me nommera à la tête de la police de Port-au-Prince. Tout est arrangé.

Jacques se tourne vers Carlos et lui dit en espagnol :

— Tu vois Carlos, notre ami est nommé chef de la police. Je te l'avais pas dit ?

La mitrailleuse se remet à craquer dans l'air, régulière, comme un concentré de tonnerre. Elle couvre les cris des pillards. La cocaïne va continuer de se répandre sur l'Amérique. Ainsi en ont arrangé Jacques, Michel et Carlos. Les émeutes menacent d'enflammer la capitale. Et les trois hommes de trinquer.

∴

Moïse n'a pas confiance en ce Colombien. Il l'a plusieurs fois répété à Jacques. Sans effet. Son instinct lui dit que cet homme joue un triple jeu. Sa parole ne vaut guère plus que ces cigarillos qu'il tend toujours à ses interlocuteurs. Après avoir raccompagné Sybille chez ses parents, Moïse retrouve comme convenu Jacques avant le début de sa rencontre avec le Colombien et le militaire. Une douzaine de soldats en tenue léopard est déjà là, au rez-de-chaussée, avec la consigne de faire déguerpir les gêneurs. Mais Jacques, trop prudent, a demandé à Moïse d'amener quelques cousins pour assurer sa propre sécurité. Au pied de l'immeuble, dans le hall, tout ce beau monde se toise méchamment en attendant la fin des palabres entre leurs chefs. Et quand un pillard fait mine d'entrer sous le porche pour se cacher, il s'enfuit aussitôt en découvrant tous ces yeux jaunes agglutinés sur lui. Moïse attend avec les autres en mâchant un bâton de réglisse. Le rendez-vous terminé, il s'entretient quelques secondes avec Jacques. L'accord est passé selon leurs souhaits. C'est une nouvelle à fêter mais Moïse ne prend pas la route avec les autres pour Léogâne. Il prétexte devoir mettre à l'abri un membre de sa famille et s'éclipse. Jacques a les yeux trop tournés vers l'avenir. Il ne saisit pas que Moïse s'est mis en tête de suivre le Colombien.

Près de sept heures plus tard, Moïse comprend. Et il se souvient alors d'une chose : cette pourriture de Carlos est venu seul au rendez-vous. Pas de gardes du corps. Comme si, perché au-dessus de ce volcan en éruption baptisé Haïti, il ne pouvait rien lui arriver. Un brillant émissaire soumis au plus puissant cartel de la drogue de la région néglige sa propre sécurité. Moïse en doute. La filature du Colombien aboutit là, dans ce petit carré résidentiel de Pétion-Ville. Adossé à un muret, bien à l'ombre d'un bougainvillier, Moïse comprend. De l'autre côté de la rue où il s'est posté, il entrevoit deux hommes assis à une table de jardin à l'arrière d'une maison coloniale bien gardée. C'est déjà la nuit mais il reconnaît le Colombien et Michel, le futur pantin de la police de Port-au-Prince. Ils rient et parlent fort. Il y a vingt-quatre heures, ces deux-là étaient censés ne pas se connaître et les voilà cul et chemise à partager un gâteau au shrub à l'abri des regards. C'est assez pour le moment et Moïse s'évanouit dans le noir. Il ne rejoint pas Jacques tout de suite pour lui livrer l'information. Il veut aller plus loin et aucun autre Haïtien que Moïse pour trouver le bon renseignement au cœur de la nuit. À l'arrière de la rôtisserie du vieux Gratien, il donne quelques coups de fil à des militaires sous les ordres du général. Pas des lèche-cul de gradés mais des troufions bien utiles. Il les réveille sans ménagement et leur donne la description de Carlos. Petit, bien en chair, une moustache crayon, un casque de cheveux noirs, des poils qui débordent de ses chemises à rayures. La peau est grêlée et jaunâtre. L'accent et le passeport sont colombiens. Il ne faut pas longtemps à Moïse pour confirmer que, depuis son arrivée en Haïti, l'émissaire de Cali a ses entrées au siège de l'armée en briques rouges. Il est maintenant temps de prévenir Jacques.

Mais au repaire de Léogâne, il n'y a plus personne. Moïse a fait la route pour rien. Là-bas, une femme lui dit :

— Mais ils sont tous repartis à la capitale ! On ne t'a

pas dit alors ? Ils venaient d'arriver quand le curé a appelé Jacques avec une mauvaise nouvelle. Ils ont repris la route aussitôt.

— Quelle nouvelle ? aboie Moïse contrarié.

— Ah çà... dit la femme, il n'a rien dit. Je jure.

Deux autres heures de route s'écoulent avant que Moïse retrouve de nuit l'orphelinat du père Aristide dans les ruelles défoncées de Cité-Soleil. Une coupure d'électricité plonge tout le bidonville dans le noir depuis plusieurs heures. Tous ces kilomètres avalés seul l'ont éreinté. La fatigue a écroué son crâne et le maton tape sans relâche à la porte. Ces dernières vingt-quatre heures, son énorme carcasse n'a pris le temps ni de manger ni de boire. Ses intestins comprimés attendent de se soulager. Sur la dernière portion du trajet, il a passé son temps à faire craquer les articulations de ses doigts sur le volant en repensant aux manigances du Colombien. Quand il descend de sa voiture, Moïse est un baril de poudre dont le couvercle a déjà sauté.

— C'est quoi ce bordel ?! gueule-t-il en direction de Jacques sur le perron à peine éclairé de l'orphelinat, ignorant complètement la présence du curé à ses côtés.

— Ils ont enlevé Sybille, dit Jacques. C'est la vieille *tèt kale* qui a appelé Aristide ce midi pour le lui dire en personne.

— Peut-être ont-ils placé des micros dans mon bureau, suggère le père salésien.

— Conneries... crache Moïse. La moitié de tes orphelins doivent être arrosés par les flics du service détectif. Regarde ceux qui portent de nouvelles chaussures ces prochains jours et tu seras fixé, curé.

— Il a raison, poursuit Jacques en s'adressant à Aristide. Tout ce qui fait un peu de politique est surveillé et tu parles haut et fort désormais dans tout Haïti. Un gosse a dû capter nos conversations. Savoir pour elle et moi. La suivre… en apprendre sûrement davantage. Les flics t'ont à l'œil, c'est certain, et ils renseignent toujours les macoutes.

— Bien sûr qu'ils croupissent dans la même eau… et merde ! jure violemment Moïse.

Pendant un temps, personne ne dit rien. Jacques n'a pas bougé d'un pouce. On entend Moïse ruminer dans le noir. Dans la cour du curé, on devine l'équipe presque au complet. Il ne manque que les jumeaux libanais. Ils sont en chemin. Chacun évalue et tente de pressentir la suite. Dans leur monde, ni vaudou ni magie, juste une suite de choix, d'actions et la force du poignet qui projettera pour tous les dés à terre.

— Il me semble que… commence le père Aristide, mais Moïse parle.

— Qu'a dit la macoute ? Il n'y a rien à négocier.

— Cette garce veut me voir au Môle-Saint-Nicolas demain midi, dit Jacques. Elle a expliqué au curé que les *tèt kale* sont prêts à épargner Sybille, à passer l'éponge sur le carnaval et à ne pas faire la guerre avec nous pour ce qu'on leur a pris. Si on trouve un accord sur la cocaïne qui entre et sort du pays pour les cinq prochaines années.

Moïse éclate de rire.

— Passer l'éponge ? Mais oui ! Je vais passer l'éponge sur son cul à cette vieille Négresse avant de lui arracher la tête de mes mains ! Ces chiens sont dans une fosse à purin, ils reçoivent des cailloux de toutes parts et ils donnent encore des ordres ?! Des milliers de gens font la chasse aux macoutes dans les rues pour enflammer des pneus autour de leurs cous et je dois négocier ? Jacques, on a un problème plus urgent…

— Je vais aller au rendez-vous, Moïse.

— Oui, réagit aussitôt le père Aristide. Il faut arracher Sybille à ces gens.

— Ta gueule, toi ! hurle Moïse en postillonnant vers le curé. Jacques ? Jacques, tu dois me dire que j'ai raison. Évidemment, on ne doit pas y aller ! Maintenant, tu dis que j'ai raison.

— J'irai au rendez-vous.

— Putain ! Vous l'entendez ?!

— Moïse, je vais récupérer la fille. La seconde d'après je te donne raison. Ensuite, je deviens l'ogre des macoutes. Avec toi, je fais fondre leur chair et celle de tous leurs enfants. Mais avant cela… je vais au Môle-Saint-Nicolas chercher Sybille.

Soudain, toute la fatigue de Moïse s'évapore. La cour, ce petit bâtiment, la silhouette du curé qui se découpe dans le noir, celle des camarades autour, tout cela disparaît, aspiré. C'est comme si Moïse se retrouvait avec Jacques dans un couloir parfaitement blanc sans rien d'autre qu'eux deux. Cet instant déterminant évacue toute réalité, restent les mots.

— Tu es prêt à tout sacrifier pour cette femme ? Tu sais que la macoute et ses crânes rasés t'attendent pour vous manger tous les deux. C'est un piège idiot pour anéantir tout ce que nous avons construit, depuis qu'on est gosses jusqu'à cette cour. Tu sais cela ?

— J'irai au rendez-vous.

— Arrête ça avec moi, Jacques ! Je te parle de nous, répond Moïse d'une voix chaude et travaillée par l'amitié. Ta Sybille est précieuse. Elle possède quelque chose que tu n'as pas. Je l'ai bien compris en te regardant et en lui parlant aussi. Elle peut enjamber la vie et la mort avec toi, si c'est ce que tu désires vraiment. Je vois bien cela.

Mais Jacques, il y a trois mois, Sybille n'existait pas et nous étions encore engagés tous ensemble. Il n'y avait rien d'autre et c'est toi qui nous tirais tous vers l'avant. Alors, mon ami, je te répète : « Tu es prêt à tout sacrifier pour cette femme ? »

— Je ne t'oblige pas. Aucun d'entre vous.

— Elle n'est rien pour moi, répond Moïse.

— Tu es libre. Jamais je ne t'en voudrais, répond Jacques avec douceur. Mais je veux juste te dire que je n'ai pas l'intention de mourir demain. Tu surestimes peut-être un peu trop nos adversaires. J'ai l'idée d'en finir avec les hommes-bâtons sur cette presqu'île. Une bonne fois pour toutes, comme j'avais dit. Les Libanais sont de la partie et ils amènent des fruits d'un genre particulier.

En entendant Jacques parler des terribles jumeaux, un petit sourire au coin de sa fine moustache, les autres gars reprennent vie. Leur chef n'est pas le veau amoureux et stupide qu'on mène à travers champs pour l'abattoir. Jusqu'ici les *tèt kale* ne meurent-ils pas un à un sous leurs coups ? Une vieille femme et quelques miliciens traqués les arrêteraient par la menace ? Rien n'est jamais écrit. Jacques l'a prouvé en les réunissant tous malgré les vicissitudes, la misère et le froid de leurs propres existences. Ils embarqueront tout à l'heure avec lui.

— Je ne viendrai pas, dit Moïse enfermé dans sa tour. Nous avons d'autres problèmes avec le Colombien. Je reste.

— Fais ce que tu crois juste, lui lance Jacques en montant dans la voiture de tête. Mais ne m'enterre pas à Trou-Zombi avant l'heure, promets-moi, Moïse.

Certains rient, d'autres non, et le convoi démarre. Seul Moïse reste dans la cour de l'orphelinat sous l'œil inquiet du curé.

1986

Presqu'île du Môle-Saint-Nicolas.

Williams et les *tèt kale* ont pris leur distance. Alignés à l'ombre de l'un des murs éventrés de la poudrière des Français, ils espèrent un ordre de Rosalie mais leur chef reste immobile, figée face à la mer. Alors en attendant, les hommes échangent à voix basse. Aux impatients, Williams a donné de vagues indications sur la suite. Rien de précis. Seul le macoute Thémistocle est resté à l'arrière de sa voiture. Sa prisonnière à ses côtés. Légèrement penchée, la jeune femme a les mains entravées par-devant avec un chiffon blanc retrouvé dans le coffre. Ils sont tous deux dans l'ombre.

À cette extrémité nord-ouest d'Haïti, la terre est sèche et ocre. Peignée jour et nuit par les alizés. Piquée çà et là d'arbustes et de bouquets d'herbes hautes où nichent des oiseaux nerveux. On se croirait au Mexique. Hormis la bâtisse de pierre à l'abandon où s'appuient les macoutes, il n'y a rien de bâti par ici. Il faut rattraper la route en contrebas par toute une série de lacets pour regagner la ville la plus proche, le Môle-Saint-Nicolas. Sur ce terrain en pente douce vers la mer, les soldats français ont élevé avec méthode la plus grande réserve de poudre des Caraïbes. Elle permettait d'approvisionner la flotte de Louis XV occupée à protéger ses convois des corsaires anglais dans la région. Le bâtiment a plutôt bien résisté durant deux siècles. Des enfants viennent y jouer, refaire la guerre ou le monde. Le dimanche, une secte mi-chrétienne mi-vaudoue utilise sa salle voûtée pour ses cérémonies. Mais c'est jeudi, aujourd'hui.

Au sommet de la colline, à une quinzaine de mètres des *tèt kale*, Rosalie fixe l'horizon. Son chapeau à large bord et sa veste saharienne la protègent de la morsure du soleil. Le regard de Rosalie porte loin. Au-delà de cette côte et de ses plages magnifiques. Au-delà de la longue presqu'île qui verrouille la baie comme le bras d'un géant posé sur la mer. Au-delà de la vieille Cuba qui fait face, de la Jamaïque ou même du lointain Belize. Bien plus loin encore, Rosalie regarde en elle. Elle se revoit s'enfuir à pied de la salle des coffres de la prison de Fort-Dimanche, il y a près de quinze ans. Affolée par la vision de son propre fils, Lafayette. Rosalie se souvient. Elle court sur une petite route en terre battue, celle qui mène de la prison à la route nationale. Elle court avec ses chaussures à talons. Elle tombe plusieurs fois, s'écorche le genou, mais jamais n'envisage de se retourner pour vérifier si le fantôme de son fils la suit toujours. Elle gicle sur la route, monte dans le premier *tap-tap* venu, écartant un vieux sans ménagement, pour se jeter sur une place libre derrière le siège du chauffeur. Le regard fixé sur la nuque du conducteur, ses mains tremblent tout au long du trajet jusqu'à sa villa de Pétion-Ville. Rien n'a préparé Rosalie à cette émotion. Arrivée devant la porte de sa propre maison, la macoute cherche sur elle les clés qu'elle a laissées à Fort-Dimanche. Mille fois, elle racle de ses mains le fond de ses poches à la recherche du trousseau. La vie n'a plus ni envers, ni endroit, ni capitaine, ni vaisseau. « Il faut retrouver ces clés, panique soudain Rosalie. Il me faut aller derrière cette porte. » C'est Pétrusse qui a entendu du bruit et lui ouvre. La bonne voit la sueur et la peur sur le visage de sa patronne.

— Ha ! Vous avez appris… dit Pétrusse à Rosalie qui ne comprend pas.

— Monsieur Max est bien dans sa chambre. Les infirmiers viennent de partir. Ils l'ont ramené ici pour qu'il… Je veux dire, pour que…

Rosalie chancelle et Pétrusse la saisit fermement par l'épaule pour empêcher la chute.

— Je monte avec vous à l'étage, dit-elle en guidant Rosalie dans l'escalier.

Max n'est qu'un petit renflement sur son lit. Un corps d'enfant ne prendrait pas beaucoup plus de place sous les draps tant la maladie a évaporé tout le fluide vital de cet homme. Celui qui tenait le crachoir deux heures d'affilée debout et sans notes devant ses collègues de l'Assemblée haïtienne ne pèse plus rien sur ce matelas. Pétrusse s'efface en politesses chuchotées et Rosalie se retrouve seule avec lui. Depuis deux jours, les médecins ont cessé tout traitement. Moins abruti par la morphine, Max semble éveillé. La petite étincelle maligne brille à nouveau dans son regard. On pourrait croire qu'il va mieux.

— Ma Rosalie, tu es enfin là, dit-il en la voyant. Je pensais que tu boudais ton vieux Max ! Je suis content de retrouver la maison. Cet hôpital allait me tuer ! fait Max en riant, mais une quinte de toux le rattrape aussitôt.

Rosalie referme la porte et s'assoit près de lui en prenant aussitôt sa main.

— Je reviens de Fort-Dimanche, Max. J'ai vu Lafayette !

— Oui, Rosalie, dit Max tout en reprenant son souffle. Tu as vu notre fils.

— Oui, il était avec moi ce matin ! Il me parle ! Je le vois aller et venir depuis des semaines maintenant. Notre fils est revenu, tu comprends ?!

— C'est très intéressant ça, dit Max avec beaucoup de sincérité.

Et tandis que Rosalie broie sa main sous l'intensité de son émotion, il cherche à complètement saisir l'état de sa femme. Comprendre ce qui a pu agir ainsi sur elle durant ces quelques jours où il n'était pas là, coincé entre vie et mort.

— Tu dis que tu vois toujours Lafayette ?

— Oui !

— Il est là, par exemple, dans cette pièce, à nous regarder ?

— Je… Je ne sais pas. Je crois que… bredouille-t-elle.

Sous la suggestion de Max, Rosalie balaie tout de même la petite chambre du regard. Et quand elle finit de parcourir la pièce, le sang lui monte soudain à la tête comme le clou perce le bois. Là, près de la porte, assis sur le rebord supérieur de la bonnetière, Lafayette les regarde distraitement tout en époussetant sa veste militaire. Son chapeau à plume blanche posé à côté de lui.

— Il est là, Max, dit Rosalie dans un souffle, la main de son mari serrée dans la sienne. Là-haut sur le meuble, il nous entend.

De son autre main, Max attrape et chausse ses petites lunettes rondes. Il regarde fixement l'armoire dans l'angle de la chambre. Il ne voit rien, mais il dit d'une voix habitée et sucrée :

— Oui, ma chérie, c'est extraordinaire ! Je vois notre fils, Rosalie ! Dieu est loué…

Rosalie se met à rire et pleurer en même temps. Et le couple reste ainsi de longues minutes à se sourire en se retournant de temps en temps vers Lafayette. L'amour passe entre leurs mains. Cela faisait longtemps.

Quand Rosalie se réveille, sa tête est en appui sur son bras sur le lit de Max. Une heure ou deux ont peut-être passé. Max aussi s'est endormi, épuisé. Dehors, quelque chose se passe. Quelque part, une clameur, un cri, puis deux puis d'innombrables montent du quartier. Max se réveille lui aussi.

— Que se passe-t-il ? fait Max à Rosalie en lui indiquant la fenêtre. Va ouvrir, Rosalie.

Pétrusse tape au même moment à la porte de la chambre. Rosalie atteint la fenêtre et ouvre, laissant entrer les cris :

— Le vieux est mort ! Le vieux est mort ! Papa Doc est mort !

Les jours qui suivent, ce sont Pétrusse et Alexis qui portent la maison. La bonne et son mari ne retournent même plus la nuit dans leur bungalow au fond du jardin. Ils ont laissé leurs enfants à leurs parents pour être plus présents autour de Max et Rosalie. Le jour, Pétrusse s'occupe à plein temps de Max dont l'état dégringole d'heure en heure. Régulièrement, elle passe dans sa chambre lui porter des serviettes humides, de l'eau ou du bouillon. Elle le nettoie, tamponne son front et ses membres quand la fièvre se déclare. Tandis que Rosalie ne quitte plus le salon au rez-de-chaussée, un fusil à portée de main, Pétrusse accompagne Max vers la mort. Une nuit, Alexis va au-devant de Rosalie.

— Madame Adolphe, Pétrusse dit de venir voir votre mari. Il veut vous parler.

Rosalie hésite et, devant Alexis qui reste planté là, elle finit par monter l'escalier. À son entrée dans la chambre, elle jette un œil au sommet de l'armoire mais ne voit pas Lafayette. Son fils a disparu depuis l'autre fois, elle aimerait savoir pourquoi. Max est éveillé, bien assis dans son lit, calé contre plusieurs oreillers. Pétrusse prend congé et ferme la porte derrière elle, une bougie à la main. Une nouvelle panne d'électricité prive tout Pétion-Ville de courant. La lumière des chandelles fait trembler les murs de la chambre comme des tympans géants. Rosalie s'assoit près du lit.

— Ma chérie Rosalie, je vais beaucoup mieux. N'est-ce pas que je suis beau ? badine Max en lui prenant la main.

Rosalie, qui n'est pas dupe, le dévisage.

— Tu devrais te reposer, répond-elle.

— Je vais dormir, oui, mais avant j'ai à te parler d'une chose importante. C'est à propos de François. Quelle mouche l'a piqué de mourir ainsi sans me prévenir avant !

— Tu ne peux pas t'empêcher de jouer...

— Jamais. Plutôt crever que d'être convenable. Tu diras cela de moi au moment de me mettre au caveau, hein ? Tu n'oublieras pas ?

— ... je n'oublierai pas, soupire Rosalie, résignée.

Max sourit avec malice. Avec son mouchoir, il éponge la sueur sur son front. Son visage rond s'assombrit et il dit :

— J'ai juré fidélité à François, mais le voici mort maintenant. Et je ne vaux guère mieux... alors j'imagine que je peux te parler des choses qui nous lient par-delà.

— Max...

— Chut ! Écoute. Je vais te dire un secret parce que ma conviction, c'est qu'Haïti court un danger plus grand sans Papa Doc. Je l'ai vu devenir dangereux puis fou. Je peux le dire. J'en ai le droit, c'est mon ami. Mais c'était un salaud utile pour contenir ce pays éclaté de l'intérieur.

Ceux qui l'entourent, sa veuve et les autres, ils vont tout ruiner. Faire de nous d'éternels perdants devant l'histoire. Cela, je ne peux le permettre. Alors voilà, Rosalie, écoute bien… il existe un trésor caché dont Papa Doc n'a parlé à personne qu'à moi et son chef de cabinet, Faber. Il nous a réunis au palais à l'été 1969 pour nous mettre dans la confidence. Il nous a dit avoir constitué, depuis qu'il était président, une réserve nationale. Pour empêcher que ses opposants et sa propre famille ne mettent la main dessus, son coffre, il l'a fait enterrer quelque part en Haïti et il a fait tuer tous ceux qui l'ont touché, un par un. Il nous a révélé cela, mais sa paranoïa l'a empêché de nous dire son but ultime ni où il l'a caché. Ni moi ni Faber ne savons où se trouve la malle. Cela aussi devait rester une énigme pour nous deux. « Le moment venu, les dieux *loas* feront la lumière sur mon geste », nous a-t-il dit dans son bureau en nous remettant à chacun une carte postale de sa collection. « Une partie de la réponse se trouve dans les cartes », a dit François.

Rosalie a beau se concentrer sur ce que Max lui dit, sa conscience roule comme dans un tonneau. Elle a abandonné Fort-Dimanche. Son mari est à l'agonie. Son fils Lafayette est peut-être là, derrière elle, à l'épier. Papa Doc et le pays basculent. Et maintenant ce trésor…

— Dans mon secrétaire, Rosalie… Va, souffle Max d'une voix encombrée. Les nouvelles de Maupassant. Maupassant. Tu trouveras la carte, dit Max soudain exténué.

Rosalie obéit. Elle se lève et voit Lafayette, perché sur le rebord supérieur de l'armoire. Dans la pénombre de la chambre, la vision est encore plus forte que la dernière fois. Son uniforme militaire palpite en variation de bleus phosphorescents. Les liserés jaunes de sa veste découpent sa petite carrure dans le noir. Ses lèvres articulent des mots sans qu'aucun son sorte de sa bouche. Du moins, Rosalie ne les entend pas. Lafayette joint les mains. Il regarde Max puis il se saisit de son chapeau et salue son père d'un mouvement ample et gracieux. Rosalie se dirige enfin vers le secrétaire. Le fantôme de son fils se dissipe par vagues à mesure qu'elle avance. Dans son dos, Max est mort.

∴

C'était il y a quinze ans. Lafayette n'est jamais réapparu pour Rosalie. Face à la baie immense du Môle-Saint-Nicolas, Rosalie se souvient de ce point de bascule dans sa vie. Meurtrie, boudée par la veuve Duvalier qui refuse sa présence aux obsèques du vieux, elle entre en résistance. Son sentiment d'injustice culmine et Lafayette n'est plus là pour la guider. À la mort de Papa Doc, elle choisit de prendre sa revanche sur toute la clique qui s'est enrichie quand elle avait les mains dans la merde au service du pays. Avec les *tèt kale*, elle fait commerce de son influence. C'est le début des années 1980, les cartels latins de la drogue choisissent Haïti. Ils font de Rosalie leur femme lige, celle qui protégera leur cocaïne en transit. Le pouvoir de Rosalie enfle et sa fortune est immédiate. Elle lui permet d'acheter la police dont elle connaît déjà tous les patrons. La cocaïne rebondit de plus en plus vite au nord de l'île pour repartir en myriades vers les États-Unis. Rosalie prospère mais dérange le pouvoir. Elle s'exile volontairement à la frontière avec Saint-Domingue pour y diriger ses affaires. Elle pense tenir une partie de sa revanche, mais jamais elle n'oublie le trésor de Papa Doc.

Comme pour se rassurer, Rosalie caresse dans sa poche les deux cartes postales de Papa Doc désormais réunies. Celle donnée à Max et celle arrachée à Faber, il y a plusieurs années, avant que les *tèt kale* ne fassent disparaître l'ancien chef de cabinet. La première carte est en excellent état. Elle montre Christophe Colomb campé sur un rivage et qui fixe le ciel, entouré de son équipage genou à terre. L'explorateur tient d'une main la hampe du drapeau à croix verte des rois d'Espagne. De l'autre, son épée plaquée sur sa poitrine. La légende est en espagnol et dit : « Six décembre 1492. Christophe Colomb découvre Hispaniola. » Sur la seconde carte postale, plus abîmée, on voit une file interminable de Noirs torses nus et au travail. Ils montent de leurs mains un grand édifice de pierre sous la supervision d'un groupe d'hommes en uniforme. La légende dit : « Nègres de Gorée au service du roi de France. Haïti. 1780. » Pendant des années, Rosalie a cherché à comprendre les indices du hibou depuis sa retraite à Saint-Domingue. La passion de l'histoire de François Duvalier lui a à son tour dévoré le cerveau. Elle a consacré beaucoup de temps, sollicité d'anciens amis de Max plus érudits pour déchiffrer ses deux cartes sans leur révéler son but. Elle a finalement abouti ici. Le Môle-Saint-Nicolas. Ce bout de terre aride découvert par Colomb et la poudrière des Français bâtie avec la sueur des esclaves transportés d'Afrique. Le trésor des Capois est là-dessous, lui disent les cartes.

Rosalie sort de ses pensées. Les *tèt kale* attendent les ordres. Elle se retourne et se met à marcher vers eux. Williams vient à sa rencontre quand les autres ne font que regarder.

— Viens avec moi, dit-elle à Williams en se dirigeant vers la voiture où sont toujours Thémistocle et Sybille.

Le macoute la suit en serpentant entre ronces et cactus. Une fois devant le véhicule, Williams s'installe à l'avant, côté conducteur, et Rosalie du côté passager. Ils se tournent en même temps vers Sybille.

— Tu sais qui je suis ? lance la chef des *tèt kale* à la mulâtresse.

Sybille ne répond pas.

— Tu ne sais pas. Eh bien, je vais te le dire…

Mais avant que Rosalie se présente, Sybille lève brusquement le visage.

— Je sais qui tu es, dit la jeune femme en la toisant. Tu es celle qui a ordonné la mort de mes parents, de mes frères, de ma tante, son mari et de ses enfants à Jérémie. Tu es celle qui a fait brûler la maison des Sansaricq et qui a fait tuer des centaines d'Haïtiens de bonne volonté. Tu es l'amie des Duvalier. Tu es le mal, incarné femme. Tu es la mort et la honte de ce pays. Voilà ce que tu es, saloperie !

Un ange passe. Les trois macoutes échangent un même regard stupéfait. Thémistocle arme une gifle vers Sybille, mais Rosalie crie : « Non ! »

— Tu serais donc la dernière fille des Sansaricq ? détache lentement Rosalie, incrédule. Comment le sort t'amène jusqu'à moi par l'intermédiaire de ce Jacques… je ne sais pas.

— Ah ! parce que tu crois que le hasard y est pour quelque chose ? gronde Sybille en se cabrant sur son siège. Jacques m'a juste servie à te retrouver pour me permettre de faire cela !

Et Sybille lui crache à bout portant au visage avec le peu de salive qui lui reste. D'un revers de la main, Thémistocle décoche une claque qui envoie Sybille contre la portière. Le macoute la remet brutalement à sa place. Rosalie enlève ses lunettes et essuie au ralenti la salive avec un mouchoir sans montrer de colère. Personne dans la voiture pour remarquer le léger mouvement de ses mains, mais Rosalie tremble.

— Tu as… Tu as donc séduit cet homme pour me retrouver ?

— Oui, dit Sybille.

— Tu as fait tout cela pour te venger de moi ?

— Oui et j'aurai au moins eu le bonheur de te souiller. Que je vive ou non, Haïti réglera le sort de gens comme vous tous. C'est en train de se faire. Partout ce peuple vous piste et va vous démembrer pour tout ce malheur que vous avez causé. J'aurai juste été la première à me soulager sur toi.

Elle se rejette en arrière sur la banquette, un sourire diabolique aux lèvres. Sybille est comme vidée de sa hargne. Cette rencontre, elle l'a rêvée, répétée mille fois dans son for intérieur, parfois à voix haute dans sa chambre, imaginant chaque fois une situation différente. Près de cinquante ans séparent les deux femmes mais pour Sybille, c'est comme si ses mots les avaient remises toutes les deux sur un pied d'égalité. Son avenir est incertain, livré à ces sadiques, mais ce n'est plus important. Sybille a fait face.

« Je ne sais pas qui t'a sauvée des flammes, mais tu mérites mille fois d'avoir survécu, se dit intérieurement Rosalie en regardant avec admiration cette boule de vie sur son siège. Tu as raison, petite, je suis le mal. Et ce n'est pas l'histoire qui en a décidé ainsi, c'est moi. Rien que moi. J'ai suivi les ordres de Papa Doc, mais je voulais moi-même en donner. Je voulais qu'on m'obéisse et j'y suis parvenue. J'ai dressé mes couteaux et je les ai fait entrer un par un dans le ventre de nos opposants. À Fort-Dimanche, j'ai terrorisé des hommes qui faisaient deux fois ma taille. J'ai aimé ça, petite. Tes parents et d'autres étaient sur notre chemin à Jérémie ? Je n'ai pas fait la différence. Pourquoi épargner ceux-là plutôt que d'autres ? La liste du palais mentionnait leurs noms, le tien. J'ai exécuté... »

— ... mais tu as survécu, dit Rosalie. Viens, dit-elle à Thémistocle en ouvrant sa portière.

Les deux sortent en direction de la poudrière, laissant Colonel Williams seul avec Sybille dans la voiture. Le macoute dévisage la jeune mulâtresse avec tellement d'intensité que Sybille réagit :

— Quoi ?! Quoi ?! Espèce de chien, tu veux violer une femme de plus, c'est ça ? J'espère juste que...

Mais le macoute lui plaque à la vitesse de l'éclair sa main sur la bouche.

— Tais-toi et écoute. J'étais à Jérémie. C'est moi qui ai tué tes parents, tu entends ? C'est moi, mes hommes. C'est... Je...

Un voile visqueux s'abat soudain sur les yeux de Williams. C'est le regard d'un squale ferré et remonté des eaux.

— Tu es superbe comme elle... comme Gabrielle, dit Williams avec émotion. Je dois tout te dire. J'étais cantonné à Jérémie quand j'ai vu la première fois ta mère devant une mercerie. J'ai arrêté de vivre ce jour-là. Je l'ai suivie comme un zombie jusqu'à chez vous. Je l'ai suivie dans les rues et partout, les jours suivants. Je passais des jours à l'observer, à l'approcher. Parfois je la frôlais pour sentir son odeur, l'entendre parler ou rire. Il n'y avait plus d'objectifs militaires, d'ordres ou de contre-ordres, plus rien n'existait pour moi. Elle ne ressemblait à rien de ce que je connaissais. Elle est devenue une obsession. Ce désir me bouffait. Elle devait passer sous mon corps parce que je l'avais décidé. Qui d'autre que moi, qui d'autre que « Williams, le Nègre diamant » pour posséder cette femme ? Il me la fallait et je le lui ai fait savoir. Mais j'étais un macoute et elle m'a repoussé comme le termite. Avec une femme comme elle, la force, les menaces, ça ne servait à rien…

Williams fait une longue pause dans son récit.

— … alors quand il a fallu choisir les familles de Jérémie à massacrer, j'ai donné votre nom parmi les mulâtres à visiter. J'ai noté Sansaricq sur la liste.

Williams retire sa main de la bouche de Sybille et continue :

— Au moment de mourir, à la toute fin, ton père, Alceste, il m'a parlé. Il m'a chuchoté à l'oreille : « Gabrielle m'a raconté. Elle m'a dit : Je préfère brûler que d'être possédée par ce rat. »

Williams sort à son tour de la voiture, vidé par l'effort, laissant Sybille seule avec une armée d'ombres et ce secret.

∴

Plus tard, au loin, Sybille voit les *tèt kale* s'agiter. Ils se rassemblent autour d'une sorte de jeep. Ils y piochent des armes longues et des objets qu'elle ne reconnaît pas. En retrait, Rosalie semble parler à Williams. Elle fait quelques gestes circulaires en direction de la presqu'île de l'autre côté de la baie et montre certains hommes. « Elle se sert de moi pour tendre un piège à Jacques », comprend Sybille, impuissante. Puis au bout de quelques minutes, Sybille voit Thémistocle revenir seul vers la voiture, son chapeau de cow-boy sur le crâne. Le macoute la sort sans ménagement. Sybille prend peur et se met à crier. Elle a les mains toujours attachées. Thémistocle la regarde un moment et l'assomme d'un coup très précis de sa matraque sur le crâne.

— … bon, c'est bientôt l'heure d'y aller, non ? entend Sybille à terre en reprenant connaissance. Je comprends pas bien la vieille, continue l'homme debout à quelques mètres de Sybille. Les gars de Léogâne, pourquoi on les liquide pas après avoir déterré ce foutu coffre s'il est juste là ? On pouvait pas faire ça tranquillement avant ? Se partager tout ça et leur régler leur compte après ?

— Ferme ta gueule, entend Sybille qui ne bouge pas et feint d'être toujours inconsciente. Tu dis rien du coffre, dit l'autre homme qui ouvre une caisse de munitions. C'est compris ? On sait même pas s'il est là. Tu sais rien parce que c'est pas à toi de savoir ces choses-là. On garde la fille ici, c'est tout. Les autres vont à midi au rendez-vous qu'on a fixé à ces bâtards à la chapelle du Môle comme c'est prévu. On les termine au Browning et après on s'occupe du reste. Ça fera une part de plus si tu l'ouvres encore.

— Ça va. Ça va… répond le premier.

Sybille entrouvre à peine les yeux. Ils sont tous les trois sous la poudrière des Français et le macoute insolent inspecte un endroit en particulier.

∴

La première explosion surprend les macoutes assemblés autour de la jeep. La déflagration projette tout le monde à terre et soulève le pick-up sur le côté. Le souffle a levé un haut rideau de poussière. L'écho continue de résonner dans la baie. Certains se relèvent et commencent à tirer à l'aveugle quand une deuxième puis une troisième explosion retentissent à leurs pieds dans deux grands BLAM ! différents du premier. Sous le choc, la jeep se retourne sur le dos. Plusieurs corps volent en l'air. On entend des hurlements à travers le nuage de poussière rouge, ceux des macoutes transpercés par les petits carrés d'acier des grenades quadrillées. Allongés à une trentaine de mètres de là entre les herbes hautes, Jacques et sa troupe dégoupillent de nouveaux fruits pour les lancer sur les *tèt kale*. L'un des jumeaux libanais a un genou à terre. Il arrose la poudrière des Français à la mitraillette sans vraiment distinguer ses cibles. Il s'interrompt et trois nouvelles grenades sont lancées en direction des macoutes.

Le dernier *tèt kale* rescapé du carnaval de Jacmel a donné un nom avant de mourir. « Gérard Nervillus... À Carrefour. Une maison rouge au tout début de la rue Cordou », a dit Abel. Depuis ce temps, l'un des cousins de Jacques ne l'a jamais vraiment lâché. C'est en le suivant ces dernières quarante-huit heures que les garçons ont appris où comptaient se cacher les *tèt kale* avant le rendez-vous. Comme des soldats des forces spéciales, ils ont rampé à couvert jusqu'à cet endroit. Cela fait des heures qu'ils les observent. Quelques minutes qu'ils ont enfin aperçu Sybille en vie sortir d'une des voitures pour être amenée sous cette ruine. Quelques secondes qu'ils attendent le bon moment pour frapper et sortir de leurs sacs à dos les trente grenades prélevées moitié prix sur le stock de l'armée dominicaine grâce à une relation des Libanais. Le reste est chaos à l'avantage de Jacques et ses hommes. Au moins sept tontons macoutes sont déjà à terre, blessés ou tués. Ils n'étaient qu'une dizaine à la jumelle tout à l'heure.

— On y va ! crie Jacques galvanisé et inquiet pour sa Sybille.

Jacques et ses hommes progressent doucement. Une autre grenade est lancée à l'arrière d'une des voitures des miliciens. Elle fait trembler et voler en éclat les vitres et le pare-brise du véhicule. Un homme sort de ce cratère et se met à rafaler le groupe. Il hurle, en transe. Il est tué net par un tir croisé de mitraillettes légères. C'est la débandade parmi les *tèt kale*. Jacques et ses hommes ne prennent aucun risque. Ils avancent pas à pas, tantôt allongés, tantôt accroupis, traquant le moindre mouvement, tirant à vue. Plusieurs tombent encore. La poudrière n'est plus très loin. Rien n'a fonctionné comme prévu pour les hommes-bâtons. L'un d'eux tente d'approcher.

— Bombez là ! crie Jacques à l'un de ses cousins juste à ses côtés qui a une grenade en main.

Mais quand il arrache l'anneau, la grenade défectueuse explose aussitôt, sans retard. Le cousin meurt sur le coup et tout le groupe est fauché par l'explosion. Jacques perd connaissance.

∴

— Han ! Han ! Han ! fait le géant à genou, chaque fois qu'il monte en l'air et abat bruyamment ce gros bout de roche sur le crâne en bouilli de l'homme à terre. Voilà ! fait Thémistocle.

Du sang coule sur son flanc et son visage. Bien que percé ici et là de l'acier des grenades, il a survécu. Sans arme, il a profité de la confusion pour courir dans les rangs ennemis et tuer de ses mains deux hommes sonnés par la déflagration.

— Voilà, répète-t-il tout en fouillant vaguement sa victime.

Thémistocle se relève, maculé des sangs mélangés. Il cherche une autre cible. Il voit Jacques. Le prochain, c'est lui. Tel un Frankenstein noir, il avance, l'œil vide et le pas raide, vers le Noir inanimé pour le mettre à mort. Arrivé près de lui, il ramasse l'un de ces nombreux rochers qui encombrent le sol. Au moment où il se relève, un cube de chair et d'os comprimés vient brutalement percuter le visage du macoute. C'est le poing de Moïse. Le coup est si puissant, si localisé, qu'il envoie Thémistocle plusieurs mètres en arrière où il finit par tomber fesses contre terre. Totalement abruti par la charge. Moïse prend quelques secondes pour Jacques. Il soulève sa chemise à la recherche de sang, mais son ami ne paraît pas blessé. Son cousin a pris le souffle de la grenade à sa place. Il hurle :

— Jacques ! Réveille-toi, couillon ! Jacques ! Moïse a encore sauvé ton cul, mais réveille-toi maintenant ! Bon Dieu ! Jacques, réveille-toi !

Mais il ne réagit pas. Moïse n'attend pas. Il se rue sur Thémistocle toujours abasourdi. De tout son élan, il saute genoux en avant contre lui. Moïse entend craquer quelques côtes sous le choc. Il s'assit de tout son poids sur Thémistocle et se met à le rouer de coups de poing au visage comme s'il boxait un quartier de viande. Moïse tape pour achever le plus fort des *tèt kale*. Il ne pouvait pas abandonner son frère Jacques. Trop de choses vécues et à vivre ensemble. Cette fois-ci, son instinct lui a dit de se retourner. Dans son dos, il a senti que Jacques et les autres avaient besoin de lui. Il a pris la route pour les retrouver. Les premières explosions l'ont guidé. Moïse tape Thémistocle de plus en plus vite, comme une locomotive à vapeur qui s'emballe. Le géant n'est plus qu'une enveloppe vide barbouillée de sang. Son visage, une boursouflure. Il semble déjà mort quand son cou de buffle se raidit d'un coup pour décocher un ultime coup de tête contre la poitrine de Moïse. Pas de quoi faire tomber cet autre géant ou changer le cours de ce combat perdu d'avance mais juste assez pour dégager un peu la prise de Moïse. Thémistocle sourit. Dans sa main gauche, il serre une grenade volée tout à l'heure sur l'un des hommes de Jacques. Dégoupillée.

∴

Quand Jacques revient à lui, soutenu par trois de ses hommes, il sent immédiatement l'odeur de la poudre et de la viande grillée. Tout tourne autour de lui. Il lui faut du temps pour retrouver l'équilibre. Des boules de billard s'entrechoquent sous son crâne. Cela fait le même bruit. Non loin gisent deux corps encore fumants. Jacques interroge ses hommes du regard.

— Ne va pas voir, dit simplement l'un d'eux. N'y va pas. C'est Moïse. Il nous a tous sauvés tout à l'heure.

Jacques se dégage violemment pour se ruer vers la scène. Retournés sur le dos, les corps de Thémistocle et de Moïse sont côte à côte, ne se touchant que par les pieds. Ils forment au sol un V parfait. En reconnaissant son ami, Jacques s'effondre à côté de lui et se met à bombarder le sol d'une grêle de cris. Presque inhumains. Les sanglots plein la gorge l'empêchent de prononcer son prénom.

Moïse.

∴

Dispersé au sommet de la colline à café, le chœur des enfants observe la voûte céleste. Certains sont montés aux branches des arbres pour humer de plus près l'haleine des étoiles. D'autres, assis dans l'herbe, tête en l'air, se tiennent la main pour se rassurer devant tant de mystère.

La nuit œuvre sans limite. Sa giration bleu cobalt piquée d'astres blancs engloutit Haïti par le haut.

Le regard braqué sur ce néant, Lafayette s'avance et prend la parole d'une voix accordée à l'instant :

— Il y a dans la mémoire des esclaves de ce pays tout un arc-en-ciel de souvenirs douloureux. Ancêtres, grands-parents, parents, fils et filles, jusqu'à l'enfant non voulu, il y a tant de souffrance qui suinte de chacun d'entre nous. Cela, nulle éducation, nulle révolution noire, nulle intention de pardon ne saurait l'extirper totalement. Dans la partie haute de l'âme, près de la beauté ou de la création, il y aura toujours chez ceux qui un jour ont été attachés ce soupçon de larmes et de cris.

Et les petits scouts d'ajouter :

— Tu dis vrai. Quand il a fallu avancer, ce peuple a pris sa place dans l'histoire, mais personne n'a eu le temps d'établir la liste des sévices. Nègres et Négresses marrons ramenés à l'habitation et brûlés jusqu'au foie par le tison ardent d'un maître ardennais. Affranchi mulâtre aspergé de bouillie brûlante de canne dont la peau glisse à terre comme de la gelée, puni parce qu'il a réclamé salaire. Effroi du vieil esclave commandeur qui serre les dents et refuse d'ingérer le surplus de poudre qui le fera bientôt sauter vivant sous les yeux amusés de ce maraîcher de la Sarthe et de ses amis. Enfant chapardeur, petit intrépide, né un peu niais le même jour que Bonaparte, que l'on oblige un beau jour à manger son doigt coupé au centre de la cour pour un simple larcin. Nègre de houe couvrant de ses deux mains les oreilles de son petit dernier pour l'empêcher d'entendre sa mère sauvagement violée par le maître et son esclave favori. Les cruautés sont une longue suite de chandelles qui serpentent dans la nuit d'Haïti mais jamais ne s'éteignent.

— Ma sœur, se peut-il oublier ? reprennent les petits scouts éparpillés sur la colline. Mon père, se peut-il pardonner ? Ma mère, se peut-il absoudre ?

— Il a fallu avancer, dit Lafayette. Aller vers la liberté sans faire le solde des râles. Ce peuple-étincelle n'avait pas le temps. Mais logée loin sous la peau, la violence est cette capsule, ce corps étranger et dur, appelé à resurgir. J'irai interrompre ce qui peut encore l'être.

∴

Bien haut, dans l'axe du soleil, une buse vole en cercles au-dessus de Rosalie et de Sybille. De temps en temps, le cri aigu du rapace descend jusqu'en bas. Sybille traîne des pieds. Elle tombe volontairement à terre, tente de ralentir leur progression, mais le pistolet de Rosalie finit chaque fois par la remettre en route. Il y a quelques heures, Sybille ne tenait plus à la vie, mais la voilà qui se prend à nouveau à croire. L'attaque de Jacques – ça ne peut être que lui ! – lui a redonné espoir. Tout à l'heure, quand cette guerre a viré à la débandade parmi les macoutes, Rosalie a surgi dans les ruines de la poudrière pour se mettre à couvert. Elle a hurlé aux deux gardes de Sybille de rejoindre les autres et de se battre. Puis la vieille l'a forcée à sortir de là et partir avec elle à pied à l'opposé des combats. En quittant la poudrière sous les rafales de mitraillettes, Sybille a vu des corps à terre. Parmi eux, il y a ce Colonel Williams qui lui a parlé tout à l'heure de sa mère. Une grenade a dû lui exploser au visage. Un large trou a emporté une partie de sa mâchoire. Il est parti avec ce sourire obscène.

Sybille et Rosalie sont peut-être à deux cents mètres de l'édifice maintenant. Dans son dos, Rosalie répète régulièrement sur un ton neutre : « Avance. » Là-bas, on n'entend plus de coups de feu ou d'explosions, mais la vieille macoute n'y prête pas attention. Elle s'oblige à marcher en rythme avec son otage. Ce calme soudain à l'arrière fait petit à petit resurgir le bruit des vagues contre la petite falaise en contrebas. Et ce silence des armes infeste soudain le cœur de Sybille. « Il est arrivé quelque chose à Jacques », commence-t-elle à se répéter, sans pouvoir se contrôler. Dans son cœur, l'espoir reflue aussi vite qu'il était revenu. « Mon amour est mort », se convainc Sybille tout en avançant péniblement sur cette bande de terre décharnée qui ne ressemble même pas au reste d'Haïti. Elle marche sous la contrainte vers un endroit toujours plus reculé où il n'y a ni passion, ni famille, ni tendresse, ni présence et au bout rien qu'une falaise et la mer. Rien que le soleil qui martyrise la roche. Rien que cette haine inexpliquée. Sybille se laisse brusquement tomber à genoux, les mains toujours entravées par-devant. Elle ferme les yeux.

— Je ne bouge plus. Vous pouvez faire ce que vous voulez. Trouez mon corps comme vous l'avez fait avec mes parents. Je ne bouge plus.

Rosalie la contourne en la pointant de son arme comme s'il s'agissait d'un animal acculé et dangereux. Elle s'apprête à parler mais s'interrompt. Derrière Sybille, elle voit plusieurs formes noires, encore lointaines, s'approcher. Amis, ennemis, elle ne peut le dire.

— Comment faites-vous ? continue Sybille qui rouvre les yeux. Je voudrais savoir. Qu'est-ce qui vous fait tenir ?

Rosalie l'écoute mais ne la regarde pas, les yeux rivés sur ces ombres à l'approche. La route n'est plus très loin. Les macoutes ont laissé un véhicule à l'arrière de la petite chapelle qui marque le début du chemin de la poudrière des Français. C'est avec ce 4 × 4 chargé d'une mitrailleuse

Browning qu'ils comptaient piéger plus tard Jacques et ses hommes de l'autre côté de la baie, au lieu de rendez-vous qu'ils avaient donné au curé. Les *tèt kale* ont trouvé plus féroces qu'eux aujourd'hui. Mais céder ? Rosalie ne s'est jamais rendue disponible pour la défaite. Le temps presse. Il faut retrouver la voiture. À ses pieds, la jeune métisse à genoux fixe son visage.

— Comment faites-vous pour continuer de vivre ? poursuit Sybille. Manger, dormir, parler, avec tout ce que vous avez fait ? Hum… comment ? Dites-moi ça. Comment on vit avec ces familles en moins, ces crimes, tous ces fantômes à table autour de soi ? Ces dernières années, je me posais cette question tout en vous cherchant. Ça m'obsédait. Je vous imaginais vous lever le matin, vous laver, vous coiffer, mettre du mascara sur vos cils, prendre votre petit déjeuner, et puis vivre tout simplement. Et je me disais chaque fois : « Comment peut-elle faire cela sans penser à mes parents et pas moi ? » Je me demandais pourquoi Dieu ou un autre vous laissait poursuivre votre journée, peut-être le cœur léger, remplir vos tâches, vous occuper de vos proches, faire des projets et donner encore des ordres. Mais j'avais beau me mettre à votre place, je n'arrivais pas à répondre à cette question. Comment fait-on pour ne pas s'arrêter dans le désert, hein ?

Rosalie ne regarde plus au loin mais devant elle. Sybille Sansaricq, la petite fille rescapée de Jérémie, lui parle. Et dans ses yeux brûle un feu qui lui est destiné.

— La violence, elle a noué un lien infâme entre vous et tous ceux-là, dit Sybille en faisant un mouvement de la tête pour englober tout Haïti. Et pourtant, vous vous dégagez de cette boue, vous marchez sur l'autre rive et pas moi. Vous pouvez vivre… et pas moi. Vous faire crever n'y changerait rien.

Rosalie lève son bras armé et pose le canon sur le front de Sybille. Parce que le temps presse, que les ombres se rapprochent, parce que la jeune femme n'avancera pas plus loin, il faudrait appuyer sur la détente et se débarrasser d'elle maintenant. C'est ce qu'il faudrait faire.

Rosalie va pour tirer, mais Lafayette est là. Apparu devant elle, il pose sa main sur le canon froid et l'écarte au ralenti du front de Sybille. Rosalie écarquille les yeux en reconnaissant son fils. Ce n'est plus une forme transparente, un tremblement au loin qui prête au doute. Lafayette est habillé de son bel uniforme militaire bleu roi, debout juste devant elle, à pousser fermement de sa main le revolver de sa mère pour l'empêcher de tuer à nouveau. Il ne porte pas son chapeau. De sorte que Rosalie voit le haut de son petit crâne et ces cheveux crépus coupés ras. Un halo de lumière l'entoure. À moins que ce ne soit le soleil. Et cette brusque intimité avec son fils adoré, celui qu'elle n'a vu ni touché depuis quarante ans, depuis le drame de la forêt de Macaya, la fait enfin chavirer.

— Il faut y aller, fait Lafayette. Nous allons être en retard.

— Oui, tu as raison, répond Rosalie en pleurant. Je te suis, Lafayette. Je te suis.

Et la vieille macoute se met à marcher vers la chapelle en suivant son fils.

1987

Poudrière des Français.

Ce n'est que de nombreux mois plus tard, presque un an, que Jacques et ses hommes reviennent au Môle-Saint-Nicolas. Sybille les accompagne, évidemment. Il est très tôt. Ils sont partis de nuit pour arriver au petit matin. À mesure qu'ils approchent, Jacques sent monter en lui le dégoût. Il s'était promis de ne plus revenir ici à cause de Moïse. Le souvenir de son corps fumant le hante comme un mauvais film. Reprendre en main le trafic de la cocaïne entre Port-au-Prince et Miami n'y a rien changé. Il souffre de son absence. Il manque Moïse.

Une fois garé, le petit groupe pénètre dans les ruines de la poudrière des Français. Jacques tient la main de Sybille. Il aide sa femme enceinte à enjamber les quelques blocs de roche qui gênent le passage. L'enfant sera bientôt là. Sybille lâche doucement la main de Jacques pour déambuler seule sous la voûte. Elle hésite un moment, va d'un côté à l'autre de l'édifice, revient sur ses pas et dit en pointant le doigt :

— C'est là. Les macoutes montraient ça.

L'un des jumeaux libanais s'accroupit et observe la zone indiquée. Il fait d'abord traîner un pied de biche en acier à la surface, étudie le son qu'il produit. Puis il balaie un peu le sol de la main et décèle quelque chose. Un minuscule dénivelé. Quelques millimètres, pas plus. Un peu de terre rouge, argileuse, aussi. Différente du reste.

— Oui, dit-il en se relevant. Il y a quelque chose là-dessous.

Et il prend avec un autre la direction de la voiture pour chercher pelles et pioches.

Trois heures plus tard, à force de se relayer, les hommes ont creusé assez profond, assez large. Ils peuvent tenter d'extraire le coffre du sol. Il fait au moins deux mètres de long. Et il faut beaucoup d'effort et trois hommes descendus dans la fosse pour parvenir à le poser en biais vers le haut. La malle est lourde, d'une couleur sombre, tout en acier trempé comme avait dit le macoute Abel. Sur sa face supérieure, deux plaques cuivrées, serties de clous. On nettoie un peu la terre incrustée pour déchiffrer. Autour d'un palmier en relief, l'une des plaques dit : « Propriété inaliénable de l'État haïtien ». Sur l'autre est écrit : « Par décision du président à vie, François Duvalier ». Les garçons font sauter les trois gros cadenas latéraux pour constater que le couvercle est en partie scellé. Il faut utiliser le burin et la masse. Cela prend encore du temps. Les coups résonnent très fort sous la voûte. Quand le dernier point de soudure saute enfin, Jacques appelle Sybille qui est restée en retrait.

— C'est bon, dit-il à la mulâtresse en lui prenant la main. On va ouvrir. Viens avec nous.

Sybille s'approche. Les jumeaux trouvent une prise et soulèvent ensemble la plaque d'acier qui tombe à terre.

À l'intérieur de la malle de Papa Doc, une centaine de petits lingots de plomb, un chapeau haut-de-forme abîmé, une paire de gants blancs en soie, un drapeau rouge et bleu d'Haïti flambant neuf plié à la façon militaire, quelques noix de coco et des fruits de la passion éventrés.

FIN

La vraie Rosalie Bosquet, dite Madame Max Adolphe, chef des tontons macoutes et des miliciennes « fillettes *lalo* », s'est volatilisée durant le renversement de Bébé Doc en février 1986. Sa maison à Pétion-Ville a été saccagée par la foule. Rosalie s'est apparemment réfugiée aux États-Unis où elle serait morte en 2018, à l'âge de quatre-vingt-treize ans, dans l'État de Géorgie.

Le véritable Jacques Baudoin Ketant, considéré comme l'un des plus importants narcotrafiquants haïtiens, vit aujourd'hui en Haïti. Il est le parrain de la plus jeune fille du curé des bidonvilles, Jean-Bertrand Aristide, dit « Titid », élu président de la République d'Haïti en 1990.

La fortune détournée par la famille Duvalier est évaluée à plusieurs centaines de millions de dollars. Elle n'a jamais été restituée au peuple haïtien.

Malgré la somme des témoignages, aucun crime contre l'humanité n'a jamais été caractérisé ni jugé dans ce pays.

Merci à Elsa Delachair, Xavier d'Almeida, Vanessa Gennari, et toute la maison d'édition 10/18.

Merci au Centre national du livre.

Merci aux écrivains Frantz Voltaire, Eddy Cavé, et au Centre international de documentation et d'information haïtienne de Montréal pour leur aide précieuse.

Merci à Patrick Lemoine et son ouvrage *Fort-Dimanche, Fort-la-Mort* (Trafford Publishing) dont est tiré le poème chuchoté par le détenu Hubert.

Merci aux descendants de la famille Sansaricq assassinée à Jérémie. Ne les oublions pas.

Merci à la famille du peintre britannique Jason Monet.

Merci à Sir David Young et Mr Franck Ballanger pour leurs encouragements.

Merci à Murielle, Mona, Lily et Aedan, le premier cercle.

Merci aux Haïtiens de garder l'espoir.

Pour plus d'information :

www.lisez.com

Imprimé sur du papier issu de forêts gérées durablement.

10/18 – 92 avenue de France, 75013 PARIS

Imprimé en France par
CPI Firmin-Didot

N° d'impression : 177412
X07523/01